赤い大河

塚本正巳

TSUKAMOTO MASAMI

幻冬舎MC

赤い大河

もくじ

序 ―― 4

一 ―― 24

二 ―― 70

三 ―― 114

四 ―― 158

五 ―― 186

エピローグ ―― 228

序

ようやく頭部が外に出たのだろう。遠退《の》いていた意識を必死にたぐり寄せた爽香《さわか》は、瞼をゆっくりと押し上げた。脂汗が目に入って鋭く沁みる。大量の汗で冷たく湿った首回りが、真夏の気だるい寝起きを思わせた。

狭い部屋の真ん中で仰向けに横たわり、ひたすら痛みに許しを乞う。ごわごわとした安物のシーツは、ちっとも汗を吸ってくれない。背中のじっとりとした気持ち悪さに、普段なら苦笑の一つも滲むところだが、今はとてもそんな気分になれない。

固いシーツを掻きむしったせいで、指先がひりひりと痛む。ちょっとやそっと爪を立てたくらいでは、こうはならない。そういえば、どれくらい時が過ぎたのだろう。ほんの数分のようでもあり、とても長い間こうしていたような気もする。

絶え間なく続いていた痛苦が弱まって、すっかり気が緩んでいた。唐突にぶり返してきた腹痛が、取り戻したばかりの意識を容赦なく呑み込んでいく。全身がひどく強張って息ができない。

次の瞬間、風船が一気にしぼむような感覚と共に、言葉にならない安堵が全身を包み込んだ。激痛の嵐は去った。だがそこには、明るい晴れ間も温かい歓声もない。迎えてくれたのは、味気ないベージュの天井と、宇宙の終わりを思わせる静寂。そして、口一杯のコーヒー豆を噛み砕いたような苦々しさだけだった。

辺りには、壁に埋め込まれた小型テレビと、合板製の小さな棚、固いマットレスの寝床と枕。その他には、最低限の寝返りのみ許された息苦しい壁しかない。夜更けにこのカプセルホテルのチェックインを済ませた爽香は、程なくして腹痛に見舞われた。経験したことのない激痛に、たまらず寝床へ倒れ込む。あとはただただ身体の異変に慄きながら、何度となく押し寄せる痛みに翻弄されていた。

ゆっくりと上半身を起こしてみると、自分の身体とは思えないほど重かった。股座《またぐら》の辺りに気配を感じて、疲労にかすむ目を両腿の間へ向ける。ついさっきまで存在しなかった何かの温気が、視線の先で生々しく立ち上っている。

自分の身体から人が出て来た。途端に呼吸が浅くなり、全身が激しく粟立った。こうなることを避けるためにここへ来たというのに、覚悟がほんの少し遅かった。すぐにでも逃げ出したいが、疲れ果てた身体は駆け出すどころか、立ち上がることさえままならない。

意識の中に、どこまでも続く暗いトンネルがちらついた。あまりの息苦しさに、脂汗が止まらない。白いニットの裾をめくって、何度も顔を拭った。大量の汗で湿っているニットはひやりとするばかりで、拭いた後の爽快感はまるでない。ただその冷感のおかげで、これが現実ということだけはよくわかった。

すぐ傍で叫声が上がり、思わず肩をすくめた。赤子の産声だ。すっかり汚してしまったベッドの上で、小さな手を固く握り締め、この世の一員になったことを声高に知らせている。咄嗟に手が伸びて、赤子の口を塞いだ。熱い吐息が、手の平の向こうで必死に荒ぶっている。塞いではみたものの、泣き声はくぐもっただけで尚もフロア中に響き続けた。このままではつまみ出されるか、下手をすると警察に通報されてしまう。

赤子の噴火は激しさを増す一方だ。切羽詰まった手が、とうとう細い喉に伸びた。途端に音量が下がり、今まで感じなかった室外の気配が伝わってくる。好奇に満ちたざわめき。大勢の野次馬が、この部屋の前に集まっているようだ。

喉にかけた手が激しく震え出す。産声は勢いを失い、程なくしてぴたりと止まった。赤子の顔が不気味な夕焼け色に染まっている。ああ、この子は一度も光を見ることなく、暗いあの世へ行ってしまうんだ。

たちまち視界が滲んで、すべてがゆらゆらと溶けていく。涙で何も見えないはずなのに、赤子の眠るような顔だけははっきりと眼前に浮かんでいた。

私といても、辛いことばかりだよ――

喉へ伸びていた手を離すと、赤子は小さく溜め息をついて、すぐに皺だらけの赤い顔に戻った。目は開いていないが、母の気配は感じているのだろう。両腕を弱々しく伸ばして、その気配を摑もうと不器用に指を動かしている。

気がつくと、我が子を胸に抱いていた。衣服越しに温もりを感じると、鼻の奥がつんとしてさらに目が潤む。赤子は母の気配に安心したのか、先ほどよりも元気な産声を張り上げ始めた。なぜだろう、あれほど煩わしかった産声が今は歓喜の歌声に聞こえる。

キャリーバッグの中から洗いたてのタオルを取り出し、赤子を丁寧に包んで隅に寝かせた。部屋の外は先ほどにも増してざわついており、もはや赤子の号泣を上回る賑々しさだ。陣痛の名残を噛み殺して、膝立ちになってみる。右へ左へと激しい目眩《めまい》に襲われたが、壁に手をつき何とか踏ん張った。休んでいる暇はない。こうなってしまった以上、もうここにはいられない。

改めて部屋を見渡すと、ベッドの上に不規則な斑点が散らばっていた。シーツの柄や汚れではない。ここに来る前、薬局をはしごして買い集めた大量のカフェイン錠剤だ。それらを一粒残らず飲み下すためここに入ったのだが、空のコップにすべて取り出した矢先に陣痛で倒れ、あとは見ての通りだ。

「開けてください。他のお客様から苦情が出ています」

厳しいノックに続き、従業員らしき男の低い声が聞こえた。部屋はあらかた片づいたものの、頭の中はまだまだ散らかっていて考えがまとまらない。だが、じっくり考えたところでこの状況が好転するだろうか。結局のところ正面突破しかないことくらい、初めからわかっていた。

赤子をそっと抱き上げる。腕に心地好《よ》い重みを感じると、ますます肝が据わってきた。さっきまでの陰鬱が嘘のように、暢気な笑みまで込み上げてくる。どこまでも暗かった行く手に、少しだけ光が射したような気がした。

そろりと扉を開け、待ち構えていた従業員にいきなり頭を下げた。続けて、相手が口を開くより早く、強引に金を握らせる。これだけ渡せば、汚してしまったシーツやマットレスを買い換えてもお釣りが来るだろう。野次馬たちは目を皿にして、その一挙手一投足に食い入っている。絡みつく視線の束へ満面の笑みを返すと、野次馬たちは気まずい顔をして一斉に視線を逸らした。

その隙を見て床を蹴り、一目散に出口へ走った。誰かに呼び止められたような気もするし、何も聞こえなかったような気もする。自動ドアの向こうの、街の灯りが果てしなく遠い。このときほど時間の進みを遅く感じたことはなかった。

すでに日付は変わっていたが、盛夏の繁華街は人ごみの余臭でむせ返るようだった。そろそろ終電の時間だが、大規模なターミナル駅に近いせいで、喧噪を求める人々の流れはまだ活気に満ちている。

赤子は外でも容赦なく泣き続けたが、それほど注目されることはなかった。誰もが自分の手の届く範囲に閉じこもり、その外には徹底した無関心を決め込んでいる。よくよく考えれば奇妙な光景だが、今日ばかりはつけっぱなしのテレビを放っておくような彼らの冷たさが、何よりありがたかった。

外へ出たはいいが、行く当てなどない。尚も喚き立てる赤子を抱いて、ひたすら賑やかな通りを歩いた。心身が疲労と鈍痛に押し潰されていく。どこかで休みたかったが、こんな深夜に騒がしい赤子を受け入れてくれる店があるとは思えない。

重い足を引き摺って、人通りの減った駅前広場までやって来た。街路樹が植えられた石造りの植え込みに腰を下ろすと、ひやりとした感触が火照った身体に沁みた。全身が異様に重く、自分も植え込みの一部になってしまったかのようだ。そういえば、少し前から吐き気もひどくなっている。

昨日まで住んでいたマンションは、今朝引き払ったばかりだ。別のホテルへ行こうにも、赤子が泣いていては迷惑がられるだろうし、そもそも今は立ち上がる気力すらない。こういうとき、気が置けない友人が傍にいてくれたらどんなに心強いだろう。いや、それほど親密でなくてもいい。この際、悪意がなければ誰だって構わなかった。

あの女の顔を思い出しそうになって、慌てて弱音を掻き消した。友人がいないわけではない。だが、今はとても頼る気にはなれなかった。一瞬にしてすべてを失ってしまった経験が、あらゆる人に対して猜疑の目を強いる。深手を負ってしまった心は今もたびたび疼いて、安易に他人を頼ることを許さない。

赤子はいつの間にか眠っていた。その安らかな寝顔は、どことなく父親の冬輝《ふゆき》を彷彿させる。目を逸らさずにはいられなかった。この子の顔を見る度に、二度と会うこともない彼を思い出してしまう。噛み締めた下唇が、きりりと痛んだ。だがその痛みも、これからの人生を想像すると痛みとさえ言えなかった。

冬輝は、爽香と同い年の二十二歳で、聞けば誰でも知っている国立大学の四年生だ。彼とは二年ほど前、書店のアルバイトで知り合った。線が細く神経質な冬輝と、快活でおおらかな爽香は、まるで正反対の性質を補い合うかのように惹かれ合った。二人の間には、交際から半年ほどで同棲の話が出始めた。その後、ひと月ほどで同棲を始めた二人は、これまで以上に互いの気持ちを温め合う日々を送った。

おとなしい性格の冬輝は、爽香の波乱に満ちた身の上話が好きだった。彼女は高校卒業後に地元の就職口を辞退して、何の当てもない都会へ着の身着のままやって来た。その話になると彼は、まるで冒険小説を読んでもらう少年のように目を輝かせる。

その羨望の眼差しを、爽香はあまり好きになれなかった。向こう見ずに実家を飛び出したせいで、アルバイトをいくつもかけ持ちし、自宅に帰っても化粧を落とす気力さえない日々。そんなものに憧れるなんて、どうかしているとしか思えない。いつも理路整然と話す聡明な彼の目に、この現実はどのように映っているのか。いつしか爽香は、自分の過去、特に捨て去った実家の話題を避けるようになった。

冬輝が学校に行っている間、爽香はアルバイトに勤しんだ。彼の大学卒業と同時に籍を入れる予定だったからだ。今以上の幸せを目指し、日々学業に励む彼に報いるため、結婚資金を貯めるという目標は何より心身を奮い立たせた。

幸福への明確な道標を得た爽香は、己の血潮を一滴も余さず金銭に引き換えていった。疲労と寝不足のため、全身はいつも粘つくように重い。帰宅直後の玄関で寝入ってしまったことも、一度や二度ではなかった。そんな爽香の情熱に触発されたのか、冬輝はアルバイトを辞め、以前にも増して学業に専念するようになった。

さらに割のいいアルバイトを求め、パブのホステスを始めたのはちょうどその頃だ。酒が好きなわけでもなく、話術に長けているわけでも、ましてやしおらしく座っているだけで間が持つような美人でもない爽香は、当初、時給に釣られてこの世界に飛び込んだことを後悔していた。

それでも我慢して働いていると、半月ほど経った頃から少しずつ心境が変わってきた。店の客は案外、礼儀をわきまえた気のいい男が多い。それに気づくと、自分がここで何をすべきかが明快になって、たちまち居心地がよくなった。罰ゲームでタバスコを一瓶飲んだり、身の回りの馬鹿話をしたりすると、目の前の客が腹を抱えて大喜びする。その瞬間が何より嬉しくてたまらなかった。

ホステスを始めて一年ほど経ったある日、虹色に輝くシャボン玉のような日常は、あっけなく弾けた。爽香の身に新しい命が宿ったからだ。変調に気づいて診察を受けると、妊娠八週目と告げられた。望ましい順序とは言えないが、それでも念願の一つが叶った喜びは大きく、診察室を出た爽香は涙が止まらなくなった。

その日の夜、嬉々として妊娠を報告した。冬輝は口を半開きにしたまま、ずいぶん長い間絶句していた。きっと飛び上がって喜ぶだろう。そう予想していただけに、彼の意外な反応には失望しかなかった。

カレンダーを埋めていた予定は、負担が少ないものだけを残し、あとはすべて消してしまった。当然飲酒は控えなければならず、ホステスのアルバイトなどもってのほかだ。自宅でおとなしくしていることが多くなり、これまでとは打って変わって穏やかで単調な毎日になった。ただ、胸中にはずっと冬輝の戸惑った表情が垂れ込めていて、そこから聞こえてくる不気味な遠雷が止むことはなかった。

冬輝の帰りは日を追うごとに遅くなり、とうとう月に一度か二度は帰らない日まで出てきた。そんな日は自宅という名の深海で、日増しに膨らんでいく下腹ばかりを眺めて過ごした。論文の執筆さえ終われば、という冬輝の言葉以外に拠り所もない。少しでも気を緩めると、深海の水圧に押し潰されてしまいそうな日々が続いた。

その日は、朝から冷たい雨が降っていた。春の香りが漂い始めた時期だというのに、真冬に逆戻りしたような冷え込みだった。雨粒が忙《せわ》しなく地面を跳ねる中、産科の帰路を慎重に歩く。信号の変わり目や駅の発車ベルが鳴ったくらいでは、もしもの転倒が怖くて早足にすらなれない。

定期検診の結果は順調で、妊娠は二十三週目に入っていた。最近では胎動も珍しくなく、小さな命を育む喜びは日増しに大きくなっていた。依然として寂しい日々は続いていたが、気持ちは前よりずっと落ち着いている。自分が独りではないことを、常に身体で感じているおかげだ。

　玄関を開けて靴を脱ぐと、そこはかとない薄気味悪さに足がすくんだ。不審に思って家中を見回ってみたが、部屋や家財道具に目立った変化は見られない。僅かに開いているクローゼットが目に入り、何気なく取手へ手を伸ばした。途端に全身の力が抜けて、その場にへたり込む。あるはずのものが無い。慌てて家中を確認したところ、衣服はもとより、髭剃りや歯ブラシのような日用品から、分厚い専門書に至るまで、冬輝の持ち物だけがすっかり消えている。

　その日、冬輝は帰らなかった。翌日の午後になっても連絡すらなく、時が止まったような室内には寒さも空腹も存在しなかった。

　意を決して携帯電話を手に取ると、両手が小刻みに震え始めた。祈るような気持ちで発信ボタンを押す。電話はすぐに繋がった。

「遅かったな。もっと早くかけてくると思った」

　拍子抜けするほどさっぱりとした、冬輝の声。ただでさえ捩《ね》じ切れそうな胸が、さらにきつく絞られていく。

「できれば信じたかったけど、やっぱり無理だ。もう爽香とは会わない」

意味がわからず呆然としていると、電話の向こうで聞こえよがしな溜め息が漏れた。

「まさか白を切り通すつもり？　だったら僕から訊く。日々膨れていく、その図々しい腹。そいつの中身は一体何だ」

「何だ、って……？」

「そいつの父親は、よっぽど魅力的なんだろうな。いや、僕を越えるだけでいいんだ。案外、平凡な奴かもしれない」

錆びた歯車が軋むような声に、総毛立たずにはいられない。

「どうしてそんなひどいことを……」

「とぼけなくていい。僕は一年も我慢したんだ。いい加減に本性を現せ」

「我慢？　本性？　ちょっと待って。私たちお互い忙しかったけど、今までずっと幸せだったじゃない」

耳元で高笑いが弾けて、頭の芯にきんと響く。

「爽香は裏切られたんだ。いや、心底愛されたと言うべきか」

「――どういうこと？」

「そうか。自分から話してくれれば、まだ救いはあったんだけど」

冬輝はひどく事務的な口調で続けた。

「妊娠するまでパブで働いていただろう。そこの客と名乗る奴が、たびたびメッセージを送ってくるんだ。僕の連絡先を調べるために爽香の携帯を拝借したらしいけど、そんなことも気づかなかった？　いや、黙認したか、それとも爽香が面白がって教えたのか……」

彼の指摘は突拍子もなく、まるで他人のことを話しているようだった。ホステスのアルバイト中、携帯電話は更衣室の鍵つきロッカーの中だ。客に携帯を見せたこともなければ、店に持ち込んだこともない。

「そいつは爽香がアルバイトに出ている間、よく実況のメッセージを送ってくれたよ。そういえば、今日は店の外で会う予定だ、なんてご丁寧な報告もあったな」

「そんなことするわけないじゃない！」

冬輝を覆っている霧がうっすらと晴れてくると、これまでの凍りつくような恐怖はたちまち消え失せ、代わりに煮えたぎる溶岩が全身を焼き始めた。

「そんなの嘘に決まってるでしょ！　私を信じて！」

感情のままに携帯電話を握り締めると、耳元でみしりと音がした。絶対に負けるわけにはいかない。ここで正体不明の悪意に屈してしまえば、奈落へ突き落とされることは目に見えている。

「信じたさ。だから僕は妊娠の事実を知っても、これまでの生活を変えなかった。でも間男からの逢い引きの報告は、爽香がパブを辞めてからもずっと続いている。決まって爽香が外出している時間にね。これがどういうことか、説明してくれないか」

「そんなありもしないこと、説明できるわけない。そもそもその間男は、どうしてあなたに報告するのよ」

「理由はある。僕たちを別れさせて、爽香を堂々とものにしようと企んでいるんだ」

冬輝はそう言い捨てると、弱々しい鈍色の溜め息を漏らした。

「奴のメッセージはいつも、爽香の尻軽を見せつけるような内容ばかり。煽られて逆上すれば、間男の思うつぼだってことはわかってる。だから僕は、ずっと見て見ぬふりをしてきた。でも本当は、万に一つの真実が怖かったのかもしれない。拒否できなかった。着信を拒むことも、未読のまま消してしまうことも……」

灰色にくすんだ窓外から、ばらばらと乾いた音が押し寄せてきた。真っ白い雹《ひょう》の粒が、ベランダで盛大に躍っている。

「爽香に残された道は二つだ。真実を打ち明けて謝るか、それとも徹底的にしらばくれるか」

「間男なんていない！　お腹の子は、私たちが夢見たかけ替えのな……」

冬輝の重たい声が割って入って、語尾を押し潰す。

「どうしても認めないんだな。でも、メッセージを書いている人間がいることは事実だ。せめて謝ってくれれば少しは考えたけど、この期に及んで無実はないだろう」

「やってもいないことを認められるわけないじゃない！」

冬輝の失笑が、耳の奥をひやりと撫でる。こんな状況で笑える人だったなんて、とても信じられなかった。

「押し問答はしたくない。だから僕は黙って家を出たんだ。それにもし、爽香の主張が正しかったとしよう。それでも爽香は、絶対に僕を納得させることはできない。なぜなら、無かったことを証明する方法はこの世に存在しないから。わかっただろう？　僕は爽香と一緒にいる限り、永遠に間男の呪縛から逃れられないんだ」

確かにその通りだ。どれだけ手を尽くしても、間男がいないことの証明はできない。自称間男のずる賢さを呪わずにはいられなかった。

当然出ると思っていた涙は、いくら待っても滲む気配さえなかった。ベランダを埋め尽くしていた雹の粒が、いつの間にか胸の中にも降り注いでいる。すべてが粉々に砕け、そこらじゅうに弾け飛んで、色も匂いも残さず綺麗さっぱり溶けていく。

「ねえ、今どこにいるの。雹がすごい音を立てて降っているんだけど、そっちは？」

冬輝は一言、ああ、とだけ答えて電話を切った。同じ雹の音を聞く距離にいながら、同じ子の親でありながら、この人とはもう二度と会うことはない。冬の夜明けを思わせる鋭利な確信が、凍えた心に深々と突き刺さった。

何日も部屋に閉じこもり、冬輝をたぶらかした悪意の出所を探し求めた。店内に携帯電話を持ち込んだことはないので、自称間男が過去の客の中にいるとは思えない。暗く冷たい闇夜を彷徨うような日々が続いた。そして半ば諦めかけていた初夏の頃、今まで想像もしなかった可能性にふと気がついた。もしかして自称間男は、男ではないのではないか。

すると突然、ある人物が目の前に浮かび上がった。パブの同僚だった痩せぎすの女、田中芳子《よしこ》だ。ゆっくりと振り返った記憶の中の芳子が、こちらを見て穏やかに微笑んでいる。吐き気を催さずにはいられなかった。

爽香より五つ歳上の芳子は、お世辞にも上品とは言えない爽香とは正反対の、落ち着いた雰囲気が売りのホステスだ。芳子は同僚の中でも、人一倍爽香に優しかった。快活な彼女を妹のようだと可愛がり、客足が鈍い日の控え室では、人目も憚らず無邪気に抱き締めたりもした。いつしか芳子は、爽香にとって最も気安い同僚となっていた。

さっぱりとした性格とサービス精神が受けて、爽香はすぐに人気のホステスとなった。そんな彼女に対して、周りの反応は両極端だった。遠ざかって嫉視を送る者と、変わらず親しみを持ち続けてくれる者。芳子は後者の中で、最も親密な理解者だった。

そのうち芳子とは、出勤がない日も頻繁に連絡を取り合うようになった。聞き上手の芳子が相手だと、つい夢中になって話し込んでしまう。もちろん冬輝が出て行ったことも、荒れ狂う感情に任せて洗いざらい話した。電話の向こうの芳子は、涙声になりながら同情と激励の言葉を何度もかけて、折れかけていた心を真摯に支えてくれた。

だが冷静に考えてみると、誰よりも親密な芳子ならやり仰せるのだ。冬輝の連絡先を盗み見ることも、爽香の動向を逐一把握することも、巧みな話術で相手を翻弄することも。ここまで条件が揃うと、むしろ芳子以外には考えられなかった。

日が経つにつれ、疑念は確信へと変わっていった。その確信を裏づけるかのように、爽香が連絡を絶っても、芳子からは電話どころかメッセージの一つも届かない。芳子の露骨な沈黙は、まるで用済みとでも言わんばかりだ。

芳子が間男を演じていたとして、その動機は何だったのか。疑問は残るが、そんなことはもうどうでもよかった。大方、新人の活躍が気に食わなかった、といったところだろう。

怒りも、恨みも、心残りも、未だに胸中でくすぶっている。だが、完全に後の祭りだ。芳子は当然否定するだろうし、冬輝に話したところで信じてもらえるとは思えない。結局は相手の本性を見抜けず、易々と心を許してしまった自分が悪いのだ。

では一体、誰になら心を許してもいいというのか。人と繋がっていたくて、人の笑顔のために働き、人を心から信じた自分が、どうして人だらけの都会のど真ん中で、これほどの孤独を味わわなければならないのか。その理由を、誰でもいい、一言だけでも説明してほしかった。

ふと我に返ると、知らないうちに涙がこぼれていた。赤子の小さな頬に、ぽたり、ぽたりと雫が落ちる。

迷っている場合ではない。こうなってしまった以上、他に道はないはずだ。

――帰らなきゃ

飲食店が建ち並ぶ目抜き通りは、終電の時間を過ぎてもまだまだ賑わっていた。行き交う人々の間を、覚束ない足取りで縫って歩く。ようやく交番の赤い電灯が見えてきたが、なかなか距離が縮まらない。もはや摺り足にしか見えない鈍足では無理もなかった。身体はとうに限界を超えている。もうどこが痛くて、何が辛いのかさえもよくわからない。

交番に辿り着くと同時に、虚空へ向かって赤子を差し出した。交番の前に立っていた若い警察官が、鼻先に突き出された赤子を見てきょとんとしている。

「この子を、病院へ。お願い……」

警察官は呆気に取られながらも、素直に赤子を受け取った。そのまま足元に頽《くずお》れ、どこまでも深い溜め息を漏らす。

「お母さん、大丈夫ですか？」

赤子を片腕に抱いた警察官が、心配そうに身を屈めて囁いた。おかあさん――。ひどく使い古された、真新しい響き。返事をしようと力を振り絞ったが、一度俯いてしまった頭はなかなか持ち上がってくれない。

「あれぇ、猿なんか抱えてどうした？　猿の捨て子かぁ？」

泥酔した男の胴間声が、深夜の繁華街に響き渡る。次の瞬間、警察官が返事をするよりも早く、肉を打つ湿った音が轟いた。酔っぱらいに渾身の平手打ちを見舞ったのは、顔を上げる力もなかったはずの爽香だ。

「誰が猿よ！　私の子に文句あんの！」

両目を丸く見開いた酔っぱらいは、口元を震わせてそそくさと駆け去った。交番の奥から別の警察官が飛び出して来る気配を感じたが、その後の記憶はまったくない。

ただ、薄れゆく意識の中ではっきりと感じていたことがある。あの温かくて懐かしい感覚は、幼い頃、母親に抱かれたときのむせ返るような多幸感に違いなかった。

一

長っ尻の梅雨が去ったばかりだというのに、季節の気まぐれは容赦ない。唐突に顔を出した真夏の陽射しが、全面ガラス張りの向こう側のテラスをじりじりと炙っている。その様子を冷房の効いた学生食堂から眺めていた国生《くにお》は、胸を撫で下ろさずにはいられなかった。今日は午後の授業がないので、この炎天下へ出て行かずに済む。

誰もが意味もなく浮き立ってしまう、眩しい季節がやって来た。ただ、この特有の解放感に浸っていられるのも今年までだ。学生最後の夏休みを目前に控えた国生は、今になって少しだけ大学生活が名残惜しくなっていた。

テーブルの向こうには同級生が二人、国生の背後に開《ひら》けるテラスを見詰めたまま惚《ほう》けている。昼食を終えたばかりなので、水飴のような眠気に絡みつかれているのだろう。

「今年はどこも早いみたいだな。国生は内定出たか？」

斜め向かいの席で携帯電話を弄《いじ》り始めた純也《じゅんや》が、いかにもつまらなそうに呟いた。胸ポケットから新品の煙草を取り出してセロファンを剝こうとしているが、片手ではなかなか上手くいかない。

「お前、さっきから何調べてんだ。まさかこんな時期に、就職先の発掘？」

国生の真向かいに座っている壮亮《そうすけ》が、退屈そうに横槍を入れた。純也はぴたりと手を止め、憮然とした顔を壮亮に向けた。どうやら図星らしい。

「何だよ、成果なしは俺だけ？」

肩を落とした純也は、上半身を椅子の背もたれへ投げ出した。

「今年は空前の売り手市場って噂だ。お前みたいな遊び人にもチャンスはある。とっととネクタイ締めて、好青年を演じて来い」

壮亮は呆れた調子で言うと、細い銀縁の眼鏡をこれ見よがしにかけ直した。純也が就職活動に集中できない理由は単純だった。散々遊び呆けていたため、単位に余裕がなく、就職以前に卒業が危ういからだ。前期の試験は終わったばかりだが、その結果によっては早くも卒業に黄色信号が灯る。

「国生はいくつ？　俺は取りあえず四社ほど確保したけど、もう少し続けようと思う」

優秀な壮亮らしい、聞く者によっては眉をひそめられそうな言葉だ。いつもの手前味噌をさらりと聞き流した国生は、人差し指を一本立てて彼のほうへ差し向けた。

「そうか。まあ、一社でも決まれば勝ちだからな。それで今後は？」

「俺はもうやらない。実家に戻らない言い訳ができただけで充分。特に取り柄もないし、どこで働いても同じだからな」

謙遜ではなく本心だった。夢や目標など、人生の具体的な指針なんて何もない。そんなものは、子供が抱くおめでたい夢想のようなもの。だから進学先を選ぶときも、将来のことは大して考えず、実家を離れたい一心で故郷から遠い大学を選んだ。

「このくそ暑い中、スーツにネクタイか……」

テーブルに突っ伏していた純也は、渋々顔を上げると、いかにも気だるそうな声を出した。

「いいよな、行き先が決まった奴らは。こんなに暑いのに表情も涼しげだし、まるで菩薩だ」

「だったらお前も早く決めろよ。俺たちがズルしたみたいに言うな」

慣れた調子で純也をあやす壮亮は、厳しい視線を向けてはいるが見るからに楽しそうだ。

「できるならとっくにやってる。試験でいっぱいいっぱいだったって知ってるだろ。まあ、自業自得ってことは認めるけど」

しおらしく矛を収めた純也を気味悪く思ったのは、国生だけではなかったようだ。壮亮は軽く身を乗り出して、純也のうなだれた顔をまじまじと覗き込んでいる。

「でもさ、お前らはそんな腕白な純也君を、可哀想とか、可愛らしいとか、可憐だとか思ってくれてるんだろ？　それならさ、せめて晩飯驕ってくんない？　お前たちは勝ち組なんだから、当然俺を慰める優しさくらいは持ってるよな」

純也は戯《おど》けた上目遣いになって、お得意の科を作った。すかさず壮亮が目を輝かせる。

「じゃあ、とってもキモかわいい純也君には、学食のカツカレーをご馳走してやろう。今夜は何杯食ってもいいぞ。遠慮するな」

国生は思わず吹き出した。純也の目の前には、さっき食べたカツカレーの皿が置かれている。いつもならこの辺りで泣き寝入りするのだが、この日の純也は珍しく食い下がった。

「何だよ、俺みたいに遊び飽きてる奴のほうが、社会に出たら成功するぞ。今のうちに未来の大物の機嫌を取っておかなくていいのか？」

尚も壮亮は嬉しそうに、毛先のうねった長い髪を揺らして何度も頷いた。

「うんうん、確かに純也は、社会に出てから活躍するタイプだと思うよ。でもまずは社会に出ないとな。暑さを我慢してスーツを着るか、カツカレー食い放題で就職浪人するか、どっちにする？　どっちかというと俺は、純也が何杯カレーを食うか見てみたいけど」

「俺はフードファイターじゃねえ。——そこまで言うなら帰ってやる。でもその前に、俺と勝負しろ」

勢いよく立ち上がった純也は、ハーフパンツのポケットに手を突っ込んで何かを握ると、拳の中の物を畳んだハンカチの間に滑り込ませた。

「このハンカチの中に、硬貨が一枚入ってる。それがいくらか当てたら、おとなしく就活に行ってやるよ。でも、もし外したら罰ゲームだからな」

「真冬の朝みたいに、布団から出るきっかけが欲しいのか。ほんとに面倒な奴。とっとと引導を渡してやろうぜ」

壮亮は待ってましたとばかりに言い捨てて、国生に目配せをした。なんだかんだ言いながらも、壮亮は純也に甘い。

「よし、じゃあ張ってくれ。各自二点までだ」

「硬貨は六種類なのに四点張り？　当たる確率が三分の二なんて大盤振る舞いだな。じゃあ俺は、五百円玉と百円玉だ」

壮亮は余裕たっぷりに口角を上げて、純也の悪あがきを早くも楽しんでいる。

純也とは入学以来の仲だが、ポケットから硬貨を取り出す姿を見たのは初めてだった。ということは、ポケットに硬貨が入っていたのはたまたま。おそらくカツカレーの食券を買ったお釣りだろう。

カツカレーは大盛りで、値段は四百九十六円。五百円玉で買ったのなら、お釣りは四円。千円札なら五百四円だ。壮亮が五百円玉と百円玉を押さえたので、あとは一円玉さえ押さえてしまえば負けることはない。そしてもし、その五百四円で先ほどの煙草を買っていたとしても、彼が愛飲する煙草は四百四十円。入手する可能性がある硬貨は、五十円玉と十円玉だけだ。五円玉は除外していい。

「俺は一円玉。あとはそうだな、五十円玉より十円玉のほうが確率が高そうだ」

「壮亮は五百円と百円、国生は十円と一円だな。じゃあ開くぞ、それ！」

純也がさっとハンカチを引き上げると、中から一枚の硬貨がするりと滑り落ちた。その黄金色の硬貨の真ん中には、信じられないことに小さな穴が空いている。

「正解は五円玉だ！　お前ら残念だったな」

「五円玉？　ち、ちょっと待て、そんな買い物はなかったはずだ」

珍しく壮亮の舌がもつれている。丁寧にハンカチを畳み直した純也は、それで壮亮の汗ばんだ額をぽんぽんと拭った。

「そんなに怖い顔するなって。俺は千円札でカツカレー大盛りを買って、そのお釣りで煙草を買った。ポケットの中身は六十四円だ。だから答えは五十円玉、十円玉、そして一円玉の三種類しかありえない。本来ならな」

「——どういう意味だ」

「俺が煙草を買って食堂に戻ったら、券売機の前に変な女がいてさ。じっと券売機を睨みつけて、隙あらば摑み掛かろうってくらい殺気立ってやがる。あんまり不気味だから、とっとと通り過ぎようとしたんだ。でも女は、俺の気配に気づきやがった。真後ろを通った瞬間、振り返って声をかけてきたんだ」

話はあらぬ方へと向かっていく。本当に五円玉の謎は解明されるのだろうか。

「その辛気臭い女は、恨めしそうな目を俺に向けてこう言った。『五円玉二枚と十円玉、交換してくれませんか？』って」

「何のために？　まさか券売機で五円玉が使えなくて困っていた、なんてことはないよな」

「さあな。理由なんて訊いてない。とまあそういうわけで、俺の十円玉は五円玉に化けたってわけ」

純也は負けず嫌いだが、イカサマをするような性格ではない。それにもし嘘をつくなら、誰だってもっとましな嘘を考えるはずだ。

「それじゃ、お待ちかねの罰ゲームだ」

壮亮は、はしゃぐ純也を苦々しく見返しながらも、すでに腹を括っているらしく、黙って沙汰が下るのを待っている。一見落ち着いているが、腹の中はさぞ煮え繰り返っていることだろう。ただ、壮亮をこのまま敗者にしてしまうと、お調子者の純也はさらにつけ上がるに違いない。これ以上の悪ノリを防ぐためにも、お目付役には普段通り踏ん反り返っていてもらったほうがよさそうだ。

苦々しく溜め息をついた国生は、にやつく純也に向かって手を挙げた。

「罰は一人で充分だろ？　俺がやる。何をすればいい？　カツカレーでも驕ろうか？」

「いい加減、カレーは忘れろって。それじゃ、罰は国生でいいんだな？」

そう言って立ち上がった純也は、ピーク時に比べるとかなり人が減った食堂を見渡した。

「いたいた、あそこに地味な女がいるだろう。壮亮が知りたがってるみたいだから、どうして硬貨を交換したのか本人に訊いて来てくれ」

純也が指差した先は、よほど混む時間帯でなければ埋まらない、隅の陰気な席だ。そこを一人で陣取っている猫背の女。できれば関わりたくないタイプだが、確かに硬貨を交換した理由は気になる。

「ちょっと待て」

ひどくつまらなそうな声を出したのは、純也だ。

「二人揃って緊張感のない顔しやがって。質問変更だ。国生、あの女のスリーサイズを訊いて来い」

一

さすがに顔が引きつった。訊きづらい上、そもそも知りたくもない。見兼ねた様子の壮亮が、小声で割って入った。

「当然、俺も一緒に行く。でもさすがにそれはないだろう。あの雰囲気だと、そういう冗談には免疫がないぞ」

だが純也は、頑として指示を曲げようとしない。むしろ、ひと波乱起きてくれなければ張り合いがない、とでも言わんばかりだ。

あまりもたもたしていると、相手は純也だけに、だったら口説いて来いなんて悪ふざけを言い出しかねない。もちろんスリーサイズだって嫌には違いないが、もし女が怒っても平謝りして逃げて来ればいい。後腐れがない分、口説くよりはずっとましだ。

「壮亮はここで待っててくれ。かなり内気そうだし、知らない男が二人だと怖がるかもしれない」

一旦は提案を渋った壮亮も、国生の言い分をもっともだと思ったようで、

「――わかった。この借りはきっと返す」

と言うと、申し訳なさそうに頭を下げた。

何食わぬ顔で食堂を奥へ進み、目的の席の少し手前で会話の機会を窺う。女は熱心にノートに向かっていて、国生の接近に気づいていない。早々に気《け》取られて警戒されるのも厄介だ

が、こうも没頭されると、話しかけるきっかけを摑むのも一苦労だ。

背中まで伸びた引っ詰め髪に、首回りがくたびれた白いTシャツ。テーブルの下へ目を遣ると、カーゴパンツのゆったりとした裾と、黒いビーチサンダルを履いた素足が覗いている。四人がけのテーブルには、忙しく鉛筆を走らせている大学ノートと、布製の白いショルダーバッグ、そして空の丼がぽつんと一つ乗っているだけで、他には何もない。

思い切って女の斜め向かいに腰かけてみた。それでも女は顔を上げるどころか、国生に気づいているかさえも怪しい。

「ちょっといい？」

尚もノートに齧《かじ》りついたまま、一心に余白を埋め続ける没頭ぶり。ちょっと腕を伸ばせば、鉛筆を持つ手を摑める距離だ。聞こえていないはずがない。

「この席、座ってもいいかな？」

ようやく鉛筆の動きが止まった。女は化粧っ気のない顔を上げると、半開きの眠そうな目でぼんやりと辺りを見回した。

「空いてるのに、どうして？」

あからさまに刺々しい抗議の声。煙たがられるとは思っていたが、まさか真っ向から拒否されるとは思わなかった。

「君に訊きたいことがあってね。用が済んだらすぐ行くから」

真向かいに座り直すと、女は泥棒でも見るような尖った視線を向けてきた。ずいぶんなもてなしだったが、どうせこれから無礼極まりない質問をするのだ。少しくらい早めに白眼視されても、文句は言えない。

馬鹿正直にスリーサイズを訊ねても、さすがに答えてはくれないだろう。取りあえず最初は、当たり障りのない質問で様子を探ったほうがよさそうだ。

「三十分くらい前、見るからに軽薄そうな男と硬貨を交換しただろう。あれにはどんな意味があったの？」

「知り合い？　だったら、お礼、言っといて」

女はぎこちなく返すと、小さい字がびっしりと並んだノートへ視線を戻した。

「待って。十円玉を切らしていたんなら、別の硬貨を使えばいいだろ？　十円玉にこだわる必要はなかったと思うけど」

「私は、ここで、釜玉うどん、食べたかっただけ」

顔も上げずに、気のない返事。彼女の性分なのか、言葉がぶつ切りで妙にたどたどしく、無愛想なことこの上ない。

「もしかして、手持ちがまったくなかったとか？」

予想が的中したようだ。女は手を止めたまま、鉛筆の先をじっと見詰めている。

「貧乏で、悪い？　誰にも、迷惑、かけてない。もういい？」

目的の質問はまだだが、これ以上会話を続ける気はないらしい。辛うじて硬貨の謎だけは解明できたので、あとはこの結果を持ち帰ってお茶を濁すしかなさそうだ。

そうと決まれば、長居は無用のはずだった。しかし、なかなか腰が上がらない。それだけではなかった。驚いたことに、もっとこの女のことを知りたくなっている。最初に女の返答を聞いたときから、ずっと気になっていた。独特の抑揚、懐かしい響き、そしてどことなく見覚えのある雰囲気――。

「邪魔して悪かった。でも、課題に集中したいなら図書館に行けば？　ここより冷房が効いてるし、静かだし、資料も山ほどある」

今まさに去ろうとしていた邪魔者が、何を思ったか居座る気配を見せている。彼女にしてみれば、これほど迷惑な展開はないだろう。

「私の、勝手。ここのほうが、頭が冴える。もう行って」

女は再び背中を丸めて、鉛筆をきつく握り直した。聞こえよがしな荒い筆音。もはやここまでか。

そのときふと、女の手元が目に入った。さっきまで意識していなかったノートの文字たちが、するりと頭の中に滑り込む。レポートや論文といった、課題の類いではないらしい。漢字が少なくて会話文も交えた、まるで物語のような文面だ。

「はよ行って！」

国生の視線に気づいたらしく、女は怒鳴り声と共にノートを閉じた。その訛りが耳の奥で何重にも反響し、全身を激しく粟立たせる。やはり間違いない。彼女はきっと――。

「さっきから何書いてるの？」

返事はない。ならば興味を持ってもらうまでだ。彼女はこれから聞く言葉を、絶対に無視できない。

「そぎゃん、はりかかんでもよかろう？（そんなに怒らなくてもいいだろう？）」

思った通り、女は吊り上げていた両目を大きく見開いた。

「俺と同郷みたいだけど、一年生？」

あまりの驚きに、先ほどまでの警戒心が根こそぎ吹き飛んでしまったらしい。女は素直に、

「違う、四年。佐野世理《せり》」

と名乗ると、全身から突き出ていた険しい棘を引っ込めた。

彼女の白い顔と正面から向き合う。ずっと俯き加減だった容貌が明らかになって、思わず

一

声を上げそうになった。やはり雰囲気が、小学校時代の同級生と似ている。ただ、よく見ると顔つきはまったく違うし、そもそも名前が違うので同一人物ということはない。

「俺は稲葉国生。実家はM町だけど、君はどのへん?」

「私は、K市の南の、T町。M町からは、車で、四十分くらい。同郷の同級生、この学校に、いたんだ」

独り言のように呟いた世理は、初めて僅かに微笑んだ。

大学生になって一度も帰省していないので、故郷を感じるのは久し振りだった。ただ、実家を拒絶している国生にとって、郷愁は複雑で受け入れがたい感情でもある。せっかく離れて暮らしているというのに、あの母のことを思い出しそうになって慌てて頭を振った。

「そういえば、熱心に何を書いてたんだ?」

緊張がほぐれた様子の世理は、独特のたどたどしい口調で率直に応じた。

「子供向けの、物語。童話作家、目指してるから」

「どうりで課題っぽくないわけだ。それで、どんな話?」

大して興味はなかったが、質問した手前、訊かないわけにもいかない。

「——ほんとに、知りたい?」

表情を硬くした世理は、閉じていたノートの表紙を丁寧に捲った。誰かに自分の物語を披露するのは初めてなのだろう。彼女はゆっくりとページを進めながら、そこに描かれている別世界を面映ゆそうに語っていく。

それは、森の大木のうろに住むリスの物語だった。あらすじを聞いて最も印象的だったのは、主にリスの少年を描くものの、主人公がそのリスだけではないことだった。

「どんぐり？　よく林に落ちている、あの木の実が？」

「そうだけど、違う。クヌギのどんぐりの中に住んでる、小さい芋虫。子リスに拾われて、魔法のどんぐりと名乗る。それで、一緒に暮らす」

「魔法のどんぐりというと、空でも飛ぶのか？」

「飛ばない。動けない。何もできない。でも、喋る。どんぐりに成り済まして、芋虫が」

「へえ、面白そうだな。それで、最後はどうなるの？」

ここまで気安く答えていた世理が、この質問には渋い顔をしている。

「それ、本当に、聞く？」

思わず視線が宙へ逃げた。額に汗して書いている物語の結末を、今ここで語らせるのはあまりに無粋だ。

「悪かった。今のは聞かなかったことに……」

「結末は、まだ決めてない。実は、迷ってる」

ただでさえ聞き取りづらい声が、口の中で余計にくぐもった。どんな結末にするべきか、よほど悩んでいるのだろう。

「それなら気長に待ってるよ」

すると彼女は、ぱっと顔色を変えて少し前のめりになった。

「結末、気になる？　読んでみたいと思う？」

予想外の反応に面食らいつつも、こくこくと頷いてみせる。途端に彼女の背中から、気迫のようなものが立ち上り始めた。たった一人の期待が、彼女のやる気にこれほど大きな火をつけたということか。

バッグから手帳を取り出した彼女は、そこに手早く文字を書きつけた。書き終えるとそのページを丁寧に切り取り、四つ折りにしてぶっきらぼうに差し出す。

「書き上がったら、連絡する。連絡先教えて。私のはこれ」

成り行きとはいえ、連絡先を書かされることになるとは。こちらが強引に声をかけたはずが、今や主導権はすっかり彼女に移っている。

この打ち解けた雰囲気。今なら冗談で済むかもしれない。手帳に連絡先を書きながら、さりげなく呟いてみた。

「ところでさ、スリーサイズいくつ？」

しばらく待ってみるが、反応はない。声が小さくて聞き取れなかったのか、はたまた突然の無礼に呆れているのか。どちらにしても、このまま手帳とにらめっこを続けるわけにはいかない。思い切って顔を上げると、涼しい顔をした彼女と目が合った。

「94、61、86、166・4センチ、53・5キロ」

あまりにも大胆な申告。泳いでしまった視線をちらと戻すと、悪戯っぽい瞳と意味深な微笑みが待っていた。

「今のは、マリリン・モンロー」

呆気に取られていると、彼女は何食わぬ顔でテーブルを片づけ始めた。その口元は不敵に綻んでいて、どことなく嬉しそうにも見える。

「本当のこと、知りたいなら、遊びに来て」

帰り支度を終えた彼女は、茶色の長財布を取り出すと、そこから名刺サイズの黒いカードを一枚引き抜いた。

「ここで、バイトしてる。このビルまで来たら、店に電話して」

半ば強引にカードを押しつけた彼女は、第一印象とはかけ離れた人懐こい含み笑いを浮かべると、食堂の裏手から出て行った。遠ざかっていく後ろ姿を、ガラス越しにぼんやりと見送る。サイズが合っていない白Tシャツと、だぼだぼのカーゴパンツが、初夏の南風に激しく煽られている。

そのとき、ひときわ強い若葉風が吹きつけて、衣服が身体にぴたりと張りついた。そのシルエットは強い陽射しと相まって、国生の瞼にはっきりと焼きついた。94、61、86――。地味で内気なマリリン・モンローが、乱れた髪を掻き上げながら去っていく。国生は世理のことを、嘘が下手な女だと思った。

「カジノバーねえ。こんなところにあったかな」

歓楽街の表通りから一本入ると、そこは昼夜問わず闇がこびりついている裏通りだ。暗く侘しい雰囲気だが、辺りのテナントビルが軒並み派手な看板を掲げているため、それはそれで独特の華やかさがある。

裏通りには、客引きはおろか通行人もほとんどいなかった。ここは繁華街の隅に位置する、古い雑居ビルが身を寄せ合う寂れた区画だ。辺りからはちらほらと薄い光が漏れているが、入り口に掲げてあるのは店名しか書かれていない看板ばかり。外からでは、何の店だかさっぱりわからない。

純也は黒いカードを片手に、何度も頭を振って記憶を混ぜ返しているようだ。世理が国生に渡したそのカードは実にシンプルで、黒地に白文字でカジノバーの店名、電話番号、周辺の簡単な地図が記されているのみだった。どうやら目的地は、この裏通りを進んだ先のようだ。

「俺はついて来てくれなんて言ってないからな。遊び呆けてると本当に就職口がなくなるぞ」

並んで歩く純也を横目に見ながら、国生はきつく念を押した。

「大丈夫、明日からちゃんとやるって。それより、大事な友達が夜の街で危ない目に遭ったらどうする」

純也は暢気に答えた。友を心配しているような口振りだが、面倒を先延ばしする口実に飛びついただけだろう。ただ、この辺りは純也の言う通り、物騒な噂が絶えない区画だ。本音を言うと、街を歩き慣れている彼の同行はとても心強かった。

世理が食堂を去った後、国生は純也と壮亮が待つ席に戻り、一部始終を話して聞かせた。純也はその顛末を面白がり、ならば誘いに乗るべきだと主張した。最初は渋っていた国生も、女性の誘いを無視するのは失礼だとか、スリーサイズを訊く義務があるとか、期待に応えてこそ男だとか、もっともらしい御託をしつこく並べ立てられて、とうとう根負けしてしまった。

裏通りを歩いていると、先のビルから突然、派手なシャツを着た男が飛び出して来た。男はこちらへ駆けて来たかと思うと、後方を振り返った拍子につんのめり、長い金髪を振り乱して豪快に倒れ込んだ。続けて金髪男が出て来たビルから、三人の男が現れた。その内の二人はかなり若く、お世辞にも趣味がいい身形《みなり》とは言えない。雰囲気や服のセンスを見る限り、金髪男と同類だ。

最後に出て来た男は、チンピラ風の二人よりずっと年長で、明らかに格上の貫禄を漂わせていた。仕立てのよさそうなダークスーツを着た、四十絡みの逞しい大男だ。金髪男は背後に迫る男たちに気づくと、ポップコーンが爆ぜるように飛び起きて細い路地へと姿を消した。逃走の一部始終を見届けた大男は忌々しげに唾を吐くと、悠然と出て来たビルに引き返して行った。

「逃げた金髪、顔に殴られた痕があったな。ありゃ相当腫れるぞ」

純也が珍しく真顔になっている。彼が萎縮するということは、かなりの深手だろう。もし一人でここに来ていたら、この裏通りをさらに進む気にはならなかったかもしれない。

目的のビルに着いた国生たちは、薄暗いエレベーターホールに立ち尽くしていた。見たところよくある共同ビルで、人の出入りはあまりなさそうだ。辺りには顔がやっと判別できるくらいの薄明かりしかないが、エレベーターの前だけは無駄に明るいスポットライトが当たっている。雰囲気を出すためなのかもしれないが、来客のことを考えるとエントランス全体を明るくするべきだろう。

看板らしきものがないので、ここが目的地なのか確かめようもない。恐る恐るエレベーターに乗り込むと、予想に反して中は普通のエレベーターだった。ボタンを押すために振り返る。すぐに指が行き場を失った。目的の階のボタンがない。世理から貰ったカードには、ビルの三階と書いてある。しかし目の前のボタンは三階を飛ばして、一、二、四、五……と続いていた。

純也に促されてエレベーターから降りた。エレベーターホールに戻った彼は、天井の隅の暗がりに目を留めた。視線の先には、黒いプラスチックカバーで覆われたドーム型の機器が貼りついている。

「あの丸い機械、たぶん監視カメラだ。ここだけ明るいのは、客を確認するためらしいな。着いたら電話しろとか言われなかったか？」

そんなことを言っていたような気がする。曖昧に頷いてみせると、純也は一変してレモンを丸齧りしたような顔になった。

「なるほどな。だったら取りあえず電話だ」

店に電話をかけた純也が世理の名前を出すと、エレベーターの扉が勝手に開いた。乗り込んだ途端、自動的に上昇を始める。扉が開いた先には、いかにも分厚そうな黒いドアが立ちはだかっていた。

ドアの横には、黒いスーツを着た男が立っている。そこでも純也は世理の名前を伝え、国生の胸ポケットから店のカードを抜き取ってひらひらとちらつかせた。黒スーツの男は黙ったまま、丁寧にお辞儀をして二人をドアの中に招き入れた。

暖色の照明と店内の景色が、暗がりに慣れた目を穏やかに色づかせる。いかにもカジノらしい遊戯台が六台。その奥には、こぢんまりとしたバーカウンターが見える。そこそこ賑わっている店内には、普段着の若者、くたびれたスーツ姿、グレーの作業着、着飾った年配女性など、様々な風貌の客がいた。

入り口付近で棒立ちになっていると、人影が足早に近づいて来た。純白の長袖シャツに、黒いコルセットのディーラー服を着た、見るからにスタイルがいい女。グラスをいくつも乗せた銀のトレイを片手に乗せている。

「いらっしゃいませ。何か飲まれます？」

女と目が合った。見覚えがあるような気がしてしばらく見詰めていると、ようやく正体に気がついた。学生食堂の隅にいた陰気な女、佐野世理だ。

「すぐに、気づいてよ」

それは無理な注文だった。今の世理は、食堂で会ったときとはまるで別人。眉やアイラインは丁寧に引かれ、セミロングの髪は結わずに真っ直ぐ下ろし、昼間見た着古しとは似ても似つかないディーラー服を着こなしている。柔らかな間接照明を考慮しているのか、化粧は少し派手だが、モノクロの衣装の上品さは保たれていて嫌味ではない。

再び目が合いそうになって、つい視線が泳いだ。目の前にいるのは、変わり者の地味女。少し見た目が変わったくらいで緊張してどうする。そうやって逸らされた視線は、通りかかった客の真っ青なネクタイに吸い寄せられた。火照った心に、涼しげな青が心地好い。

「ここは、食事も、飲み物も、無料。寛いでいって。あと、そっちの彼」

世理は純也へ向き直ると、

「お昼は、両替、ありがとう。煙草も、無料だから。カウンターで、頼んで」

と言って、ほんの少しだけ微笑んでみせた。

「礼はいいって。それより聞きたいことがあるんだけど」

口元を強張らせた純也は世理に歩み寄り、周りを気にしながらぼそりと囁いた。

「ここって裏カジノだよな。俺たち、ここで遊ぶほど金持ってないぞ」

「わかってる。無理して、遊ばなくていい。飲食目当てのお客さんも、結構いる」

改めて店内を見回すと、確かに遊戯台に向かっている客よりも、立ったまま他人のゲームを観戦したり、カウンターで飲食をしている者のほうが多い。

「じゃ、行くから。どうぞ、ごゆっくり」

世理は二人に黄金色のカクテルを手渡すと、薄暗い奥の通路へと消えていった。

「モンローちゃん、学校とは大違いじゃん。正しいサイズを訊きに来た甲斐があったな」

純也はそう言って、晴れ晴れとした笑みを浮かべた。どうやら早くもこの状況を楽しんでいるらしい。つい苦笑が漏れた。彼のように屈託なく生きることができたら、人生はどんなに小気味好いだろう。

それほど広くない店内に二十人ほどの客。間仕切りのような遮蔽物はないので、一目でフロア全体を見渡すことができる。店内で最も目を引くのは、スポットライトを浴びた遊戯台の羅紗《らしゃ》の緑だ。そして羅紗の上に塗られた赤の領域は、ギャンブルの熱狂によって燃え上がった炎のようにも見える。

ルーレット、大小、セブンカードスタッド、ブラックジャックと、純也は様々な台をひと通り見て回っている。その後ろ姿は、縁日を楽しむ子供のようで微笑ましい。吟味を終えた彼は、三個のサイコロの出目を予想する大小という遊戯台の席に収まった。

彼が握っている数枚のチップは、縁日の子供が握り締めている百円玉とは比べ物にならないほど高価だ。それがほんの数十秒で吹き飛んでしまうようなゲームを、ここでは夜通し重ねていくこともできる。

どの遊戯台にも、ディーラーの手元には選挙の投票箱のような切れ込みが入っており、両替で受け取った札がその切れ込みへひっきりなしに滑り落とされていく。そんな光景を幾度となく見せられるのだから、どんなに気を張っていてもすぐに金銭感覚がおかしくなってしまうだろう。

十分ほどで席を立った純也は、興奮した三角の目をして戻って来た。白い歯が覗いているので、首尾よく懐を温めてきたようだ。

「――マジ痺れた。通い詰める奴の気持ちがわかるな」

「おい、就職前だぞ」

「俺はまだ就職先、決まってないけどな」

いつもの調子でへらへら笑う純也が、今夜はたびたび頼もしく見える。かたや国生は、卒業も就職もほぼ決まっているというのに微笑む余裕すらない。もしかすると自分は、ひどくつまらない人間なのかもしれない。そんな不安が過《よぎ》りかけて、慌てて純也から目を逸らした。

店内の一角に新たな照明が灯り、身を潜めていた遊戯台が姿を現した。手荷物を抱えた女性が、店の奥から颯爽と歩いて来る。先ほどとは打って変わって、張り詰めた雰囲気の世理だ。彼女は遊戯台のディーラー席に座ると、無駄のない手つきでゲームの準備を始めた。

「真打ちのお出ましだ。国生も行くだろう？」

どうせ他にやることもない。席に着いた純也の後ろに立ち、世理の台を漫然と観戦する。

世理は二枚一組のカードを伏せたまま、別々のエリアに並べた。カードは一組ずつ、プレイヤーと記されたエリアと、バンカーと記されたエリアに置かれている。その後、プレイヤーサイドのカードは純也の前に差し出され、バンカーサイドは隣の会社員風の男に配られた。

この遊戯台に座っているのは、純也と会社員風の男だけだ。男は水色のワイシャツの首に、先ほど国生の目に留まった青のネクタイをだらしなくぶら下げている。かなり酔っているらしく、覚束ない視線を台の上へ漂わせて、今にも寝入ってしまいそうだ。

ネクタイ男はカードの端を捲って絵柄を確認すると、世理に素っ気なく突き返した。同じように純也も、二枚のカードを捲る。絵柄はハートの2とスペードの5。世理が並べ直したバンカーのカードは、ハートのKとクラブの8。純也がベットしたチップは没収され、隣のネクタイ男には配当が差し出された。

気がつくと、バカラというゲームの緊張感に圧倒されていた。バカラは単純で簡潔なゲームだけに、勘所に意識を集中しやすく、一回の勝負が短いためテンポもいい。後ろで観戦しているだけでもこれほど没入してしまうのだから、実際に身銭を切っている純也は尚更だろう。

ゲームが十五回ほど進行したときだった。ふと嫌な空気を感じて辺りを見回した。違和感の正体はすぐにわかった。斜め前に座っているネクタイ男が、こちらをぎろりと睨みつけている。

「お前、何かやってるだろう」

ゆらりと立ち上がったネクタイ男が、眼前に迫った。唖然としていると、純也がいつもの調子で間に割って入った。

「まあまあ、ちょっと落ち着きませんか」

男より十センチほど長身の純也が、見下ろす格好で仲裁に入る。そのことが癪に障ったのか、男はただでさえ赤い顔をさらに紅潮させた。

「うるさい！　お前とこいつで、俺を毟《むし》る気だろ。見ろ、ここに座った途端このざまだ」

別のゲームで大勝ちしたらしく、男の手元には高額のチップが景気よく積まれていた。しかし、バカラを続けるほどにチップのビル群は溶けていき、今は庶民的な賃貸アパートにまで成り下がっている。代わって高層ビルを打ち立てたのは、隣に座っている純也だった。男から見ると、純也が自分の財を掠め取ったように感じるのだろう。

「バカラにお客様同士の駆け引きはありません。八つ当たりはやめてください」

こういう状況に慣れているのか、世理は普段のたどたどしさを感じさせない滑らかな口調で言い放った。

「知らないと思ってんのか？　ディーラーのお前だって、イカサマ野郎の仲間のくせに。お前ら三人が仲よく話しているところを見たぞ」

殺伐とした空気が広がり、バカラ台の周りにはすぐに人だかりができた。

「当店に不正は一切ありません。お客様の不正行為も、店内カメラで逐一チェックしています。それにもし私が不正を仕込むなら、お金がなさそうな若者なんて使いません。もっと目立たない、裕福に見える紳士を用意します」

世理の啖呵に何一つ反論できないネクタイ男は、押し黙ったまま全身をぶるぶると震わせている。年齢は三十代前半くらいだろうか。酒が入っているとはいえ、いい大人が幼子のように癇癪を起こす姿はひどく醜く哀れだった。

どこかでグラスが割れる音がした。店中の視線が一斉に、音のほうへ吸い寄せられる。次の瞬間、国生の身体が宙に浮いた。グラスの音に気を取られていたため、踏ん張るどころか受け身を取ることもできない。そのまま仰向けに倒れ込み、背中を強《したた》か打ちつける。鳩尾《みぞおち》に鈍重な不快感が広がり、嫌な苦味が口内に広がった。

慌てて瞼を開くと、前方へ突き出した片足を引っ込めるネクタイ男が見えた。そこで初めて、男の前足が自分を蹴り倒したことを知った。

「てめえ、何しやがる！」

純也が怒号を上げて、男の胸ぐらを摑んだ。締め上げに面食らったのも束の間、すぐに真顔に戻ったネクタイ男は、純也の襟元を強く引き寄せ、強烈な頭突きを鼻先に見舞った。地面を震わすような鈍い音と共に、純也が両手で顔を覆ってうずくまる。あまりの激痛に声も出ないようだ。

続けざまに男は世理を睨みつけ、遊戯台を激しく叩きつけた。

「おい、イカサマ女！　金返せよ。何ならもっと暴れてやろうか？　学生時代、ボクシングでいいところまで行ったんだ。止めるなら覚悟しとけ」

凄まれた世理は怖がるどころか、

「傷害、恫喝、器物破損……。あんたこそ、覚悟あんの？」

と冷淡に切って捨てた。再び遊戯台が乱暴に叩かれる。周りの客は不意の落雷にびくりと縮み上がった。

「ふん、ならどうする。違法営業の裏カジノに警察でも呼ぶか？」

「もう呼んでる。逃げるなら今のうち」

「ペテン師が尻尾を出したな。どうせなら、もっとましな嘘をついたらどうだ」

世理の鼻っ柱がどうしても許せないらしく、男は思い切り平手を振りかぶった。それでも世理は眉一つ動かさず、氷山のように座ったままだ。男を睨み返す世理の顔が、ようやく上半身を起こした国生の目に飛び込んできた。気丈に振る舞ってはいるが、怖気に潰された内心がはっきりと透き見える。

いつまで経っても、頬を打つ音は聞こえなかった。振り上げられた男の腕に、誰かの細い両腕が絡みついている。歯を剥き出してもがくネクタイ男。その腕にぶら下がっているのは、蹴られた痛みも忘れて咄嗟に飛び起きた国生だった。

ぶり返す腹部の痛みに目を細めると、意外な人物が眼前に浮かんだ。出しゃばりでお節介で粗暴な、実家で一人暮らしをしている母。拳を天へ突き上げて何かを叫ぶ姿は、息子の部活を応援する保護者さながらだ。もう何年も会っていないというのに、なぜよりにもよってこんな場面で――。

ネクタイ男は目を吊り上げて、再び国生を蹴倒した。野次馬の低いどよめきが、店内を激しく震わせる。

男が急に動きを止めた。焦点の合わない目で、虚空の一点をじっと見詰めている。周りの誰もが、みるみる青ざめていく男の顔色に気づいた。野次馬のどよめきが、酔いを一気に洗い流したらしい。我に返った男は出入り口へ向き直ると、泥酔していたとは思えないすばししこさで駆け出した。

次の瞬間、男は派手に倒れ込んだ。逃げ出そうとした彼の片足に、鼻血だらけの純也がしがみついている。

「モンローちゃんが、お前のためにお迎えを呼んでくれたらしいな。もう少し遊んでいけよ」

不敵ににやつく純也の一言は、すでに戦意を喪失している男を震え上がらせた。慌てて起き上がって、純也の腕を必死に振りほどく。だがすでに、野次馬たちの興味はそこにはなかった。店の出入り口に壁のような大男が現れたからだ。

「猿田さん、接待、お願い」

世理がネクタイ男を指差すと、猿田と呼ばれた大男は小さく頷いて店内に踏み込んだ。徐々に照明が当たって姿形が明らかになってくると、思わずあっと声が出た。ここに来る途中、金髪の優男を追い払った高級スーツの男だ。

「お客さん、暴力はまずいですよ。痛いのは誰だって嫌でしょう?」

気安い調子の猿田は、いかにも面倒臭そうにネクタイ男を見下ろした。男は強行突破を諦めたらしい。身軽なステップで左右へ行き来しながら、相手の出方を血眼で探っている。一方、猿田はといえば、身構えるどころか男の陽動をまったく相手にしていない。そのうち男は、猿田の鼻先へ牽制の拳を突き出した。それでも猿田はぴくりともせず、半ば退屈そうに男を睨みつけている。

拳のスピードに反応できなかった。ネクタイ男はそう踏んだらしい。次の展開は一瞬だった。男が再びジャブを放ったかと思うと、それを追いかけるように、捻《ひね》りを利かせたもう片方の拳が放たれた。真横の死角から猿田の顎へ、猛烈なフックが襲い掛かる。誰もが目を覆いそうになったそのとき、店内に短い呻き声が上がった。

声の出所はすぐにわかった。ネクタイ男の拳は空を切り、代わりに猿田の膝蹴りが男の脇腹に刺さっている。男は腹を押さえて必死に耐えていたが、そのうち背中を丸めてがくりと膝を折った。

「あんた、普段は真面目な会社員だろう？　開放的になるのもほどほどにな」

後から入って来た猿田の部下が、うずくまるネクタイ男を二人掛かりで引き摺って行った。一時間ほど前に見た金髪男のように、道ばたへ放り出される姿が目に浮かぶ。

ひと仕事終えた猿田は、ゆったりとした足取りでバカラの台までやって来ると、その場に立ち尽くしている国生と純也に目を向けた。表情は相変わらず険しいが、よく見ると微かに肩を震わせている。

「二人してひでえ面だ。しかしまあ、立ち向かったんだからそうなるわな。得物を振り回すような相手じゃなくてよかったな」

バカラ台の端の席に腰を下ろした猿田は、悠然と煙草に火をつけた。そうして突っ立っている二人をもう一度見遣ると、口に含んでいた煙と一緒に失笑を吹き上げた。

「正義感を燃やすような時代でもねえってのに、お前らみたいな馬鹿がまだいたとはな。俺が来ることは聞いていただろう？」

そう言って呆れ顔をするものの、猿田の目尻は嬉しそうに垂れ下がっている。彼は警察の代わりに、今日のようなトラブルを始末する仕事をしているらしい。もちろんそんな職業があるはずもなく、彼もまた警察に目をつけられている側の人間なのだろう。

「まあ、兄さんらも座れ。面倒な客に絡まれて白けちまっただろうが、まだ早い時間だ。せっかく来たんだから楽しんでいけばいい。ただ、そっちの男前の兄さんは、顔を洗って来たほうがいいな。そのままじゃ野性味が強すぎる」

咄嗟に口元へ手をやった純也は、手にべっとりとついた血を見て、そそくさと奥の洗面所に駆けて行った。

「あの兄ちゃん、自分のほうが男前だと思ってやがるぞ」

猿田の悪戯っぽい横目が、国生の表情をまじまじと窺っている。

「本当のことですから」

国生は淡々と答えて、猿田に勧められるまま遊戯台の席に着いた。

「猿田さん、からかうの、いつもだから、気にしないで」

「気にしてないよ。むしろ純也には感謝してる。本当はあいつ、遊んでる場合じゃないのに」

もし自分一人でここに来ていたら、あの土壇場で身体が動いただろうか。ネクタイ男の横暴を振り返ると、今更ながら全身の力が抜けていくようだった。

「どうする？　遊ぶ？」

所在ない国生を見兼ねたのか、世理はいかにもお愛想といった調子で訊ねた。

「いや、とてもそんな気分じゃない。それより、どうしてこんなところで働いてるの？」

率直な疑問だった。彼女は散らかった道具類を並べ直しながら、少し棘のある声を返した。

「こんなところ？　私には、大事な場所」

「でも、さっきみたいな騒動も珍しくないんだろう？　それにこの店、違法だし。下手したら君も捕まるんじゃ……」

世理は粛々とゲームの準備をしながら、手元から目を離さずにぼそぼそと答えた。

「リスクはある。だけど、ほら、私、こんなだから。面接しても、ここしか……」

彼女の第一印象を思い返すと、納得せざるを得なかった。だが、童話のあらすじを語る嬉しそうな顔、てきぱきとした仕事ぶり、接客時の流暢な言葉遣い、そして暴漢に立ち向かうほどの勇気。そういった姿を素直に出せれば問題ないはずだが、なぜ普段の彼女はあれほどまでに近寄り難い雰囲気なのだろう。

「三年も雇ってもらってるし、みんないい人。仕事も合ってる。それに、さっきみたいなことが起きても……」

彼女は猿田のほうをちらと見遣った。確かにその点は心配なさそうだ。猿田に勝てる相手など、そうそういないだろう。

「その上、時給も破格。辞める理由なんてない」

そのきっぱりとした口振りが、納得しかけていた国生の大道に火をつけた。様々な思いが胸中でぶつかり合い、たちまち頭に血が上っていく。

「でも賭博は犯罪だし、学校にバレたら退学かもしれない」

新品のカードを準備していた世理の手が、ぴたりと止まった。

「ちょっと、鬱陶しい。辞めさせたいの？」

またしても、実家の母の暑苦しい姿がちらついた。そういえば母もよく、こんな調子で国生の素行に難癖をつけていた。

世理は眉根を寄せながらも、準備を中断して国生と向き合った。

「じゃあ聞くけど、駅前や国道沿いに、カジノがあったら困る？」

「困るに決まってる。ギャンブルにのめり込む人が増えるし、巻き添えになる家族もたくさん出るだろ」

「ふうん、それなら、パチンコ店は？」

「パチンコは賭博じゃないだろう」

「ううん、パチンコは賭博。裏で景品を現金に交換してること、みんな知ってる。しかも、釘と機械で完璧に制御された、偶然のない賭博。明るくて、きらびやかで、グロテスクな、羊の皮を被った残酷な遊び。しかも依存者を山ほど作っても、一切お咎めなし。なのに、ひっそりとやってるカジノは、だめ？」

彼女の言い分も一理あるが、だからといって違法カジノを認めるというのもおかしな話だ。ただその一方で、筋の通った反論が思いつかないのも事実だった。

重苦しい沈黙を破ったのは、横で煙草を吹かしていた猿田だった。

「納得いかねえルールでも、大勢が必要と思って決めたことだ。いくら理不尽でも、守らねえと社会が成り立たない。カジノが違法なうちは、俺たちみたいな溢れ者がひっそりとやってりゃいいんだよ。それが嫌なら、法を無視するんじゃなく、変える努力をすることだ。それにしても……」

もったいつけるように一息ついた猿田は、嬉しそうに口元を綻ばせた。

「お嬢の饒舌なんて初めて聞いたな。こいつ誰だ？　彼氏か？」

「違います」

すぐさま否定したことが、余計に猿田を喜ばせたようだ。猿田は国生の顔色をちらちらと窺いながら、普段の世理の働きぶりを話し始めた。仕事の腕はかなりのもので、店からの信頼も厚いこと。誰に対しても無愛想なくせに、やたらと客や同僚に人気があること。数えきれないほど男に言い寄られているが、彼女のお眼鏡にかなった者は一人もいないこと――。

「いい加減にして。この人、本当に、今日学校で、会ったばかり」

「でもなあ、偶然こんな所に迷い込むわけねえだろ。お嬢が誘ったんだよな？」

世理は苦い顔をして、そっぽを向いた。

「ちょっと、特別なことがあった。あと……、同郷」

そう言った途端、世理は目が覚めたような顔をして国生へ身を乗り出した。

「ねえ、私、ここを辞めるべき？」

唐突な問いと、期待に満ちた表情。ぎょっとせずにはいられない。

「あんなことの後だから、みんなバカラを、敬遠してる。空いてるし、私と勝負しない？」

言っている意味がわからなかった。彼女と勝負をする理由もなければ、そもそも賭ける金もない。

「私に勝ったら、何でも一つだけ、言うことを聞いてあげる。ここを辞めろって言うなら、すぐ辞めるし、他の要求でもいい。ただし、私が勝ったら、私の面倒をみて」

「面倒をみる？」

「私、もっと書く時間が欲しい。本気で童話に取り組みたい。でも、卒業して仕送りがなくなると、終わり。だから、居候させて。住む場所さえあれば、あとは貯金とアルバイトで、しばらくやっていける」

唖然とするしかなかった。だが彼女の真剣な眼差しは、冗談を言っているようには見えない。

「よく聞いて。この賭けは、負けても損しない。押し入れでも、廊下でも、寝る場所さえあればいい。ちょっとした家事くらいは、やってあげる。あと、確実に、早く書き上がる。もし、結末が気になってるなら、少しは、得した気分に、なれるかも……」

食堂で書いていた、リスの童話のことを言っているらしい。確かに少しは気になるが、だからといって今日知り合ったばかりの女性と同居というのはどうだろう。しかも、彼女の提案には大きな疑問がある。

「どうして俺なんだよ。親しい友達とか、信頼できる先輩とか、将来を約束している恋人とか、俺よりふさわしい人なんていくらでもいるだろ」

「そんなのいたら、最初から、そうしてる」

世理はきっぱりと言い切った。そしてとうとう説明の段階を終え、国生の目を見据えて説得の構えに入っている。

面喰らわずにはいられなかった。新卒というブランドを棒に振ってまで、売れるかどうかもわからない童話を書く。彼女は将来の不安を感じていないのだろうか。夢を叶えられる人間なんて、ほんの一握りだ。世間知らずの中学生じゃあるまいし、捨て身で夢を追うなんてどうかしている。

「カジノ初体験の俺と、自分の土俵で迎え撃つ君じゃ、公平とは言えないだろ」

「大丈夫。バカラは、技術も、知識も、関係ない。勝敗を分けるのは、運だけ。それともまさか、イカサマを疑ってる？」

ここで不正を企むような性格なら、暴漢に毅然と立ち向かったりはしないだろう。それに不正をするなら負けることはないので、一つだけ言うことを聞くなんて微妙な餌を提示するわけがない。もっと心が動きそうな報酬を並べ立てれば済む話だ。

「まさか、負くっとが、えすかと？（負けるのが、怖いの？）」

逡巡し続ける国生に痺れを切らしたのか、世理は挑戦的に呟いた。彼女のほうこそ、負けるのが怖くないのだろうか。

「いっちょん。ばってん、おいが勝ってもしょんなかろう（全然。でも、俺が勝っても仕方ないだろう）」

「若かとに欲んなかね。さしよりスリーサイズば確かめてみりゃよかたい。その目で（若いのに欲がないね。取りあえずスリーサイズを確かめてみれば？　その目で）」

カチンと来て、思わず睨み返した。ここまで言われては、背を向けるわけにはいかない。

「だったら確かめてやる。いざとなって泣いたりするなよ」

世理の目がぎらりと光った。上手く乗せられてしまったような気がしなくもないが、こうなれば賭けに勝つしかない。プレイヤーサイドへ二枚、バンカーサイドへ二枚。彼女の視線が選択を促す。国生は視線を重ねたまま、プレイヤーサイドを指差した。

もし負ければ、ややこしい同居生活が待っている。彼女は負けても損はないと言ったが、それはあくまで彼女の言い分だ。自宅は居心地が悪くなるだろうし、揉め事だって起こるに違いない。周りからは当然、誤解される。運命の出会いなんて、同居が続く限り夢のまた夢だ。

湿った手を上着の裾で拭い、二枚のカードを慎重に捲る。目の前にハートの2とクラブの

5が現れた。カードの数字を足すと7。バンカーサイドの世理は、手札の合計の下一桁が8か9でなければ勝てない。口をきゅっと結び直した彼女は、ほんの少し表情を曇らせた。一枚目のカードを捲る。絵柄はスペードの3。二枚目が5、もしくは6以外なら即座に負けが決まる。

彼女はすかさず、二枚目のカードに手をかけた。依然として落ち着いているが、よく見ると微かに手が震えている。一枚のカードの裏に潜んでいる、非情なまでに極端な未来。そんなものに運命を委ねざるを得なかった悲哀が、国生の胸をきつく捩《よじ》れさせる。

彼女の親指が、ゆっくりとカードの縁に向かう。指の腹が縁に到達すれば、彼女は瞬時に勝負を決してしまうだろう。そうなればこのカードは、一方に勝利、そしてもう一方には敗北を宣言し、事前の取り決めに従って両者を縛ることになる。

「おーい、ストップストップ。お嬢、そのカードよこせ」

絶妙なタイミングで割り込んで来たのは、ずっと静観していた猿田の暢気な声だった。すぐさま世理が口を開く。

「だめ。これは、未来を決める、大事なカード」

彼女の親指は、すでにカードの裏に潜り込んでいる。それを見た猿田は一変して、激しい雷を落とした。

「待てと言ってるだろ！　いいか、動かずによく聞け。その二枚目のカードは俺が買い取る。カードを伏せたまま、黙って俺の手に乗せろ」

「邪魔、しないで」

拒否されることを見越していたのか、猿田はすかさず言葉を継いだ。

「百万だ。百万円で買い取ってやる」

有無を言わさぬ語気に、さすがの世理も動きを止めた。

「どうして？　こんなカード一枚に……」

「カード自体に価値なんかねえ。俺はこいつを買い取ることで、お前たちの未来に介入する」

猿田は遊戯台に身を乗り出して、彼女の中指の下にある未来を、半ば強引に抜き取った。真剣勝負に手を突っ込まれた世理は、ディーラーとしてのプライドが許さないのだろう、憮然として猿田を睨みつけている。そんなことには目もくれず、猿田はカードの絵柄をちらと確認すると、すぐにジャケットの胸ポケットにしまい込んだ。

「代金はこの兄ちゃんに渡す。ただし、支払いには一つだけ条件がある」

国生へ向き直った猿田は、子供が見たらべそをかきそうな強面を近づけて、

「どうせお前のうちなんて、むさ苦しいワンルームか、よくても１ＤＫ程度だろ。百万やる

から、お嬢とルームシェアできる部屋に引っ越せ。家賃は今より上がるだろうが、お嬢のことだ、上がった分くらいは出すさ。それが嫌ならこの話はなし。俺が買い取ったカードはお嬢に返却するし、勝負も続行だ。もしお前が負けた場合、居候を迎えるだけの金があんのか？　まさかお嬢の言葉を真に受けて、本当に廊下で生活させるつもりじゃねえだろうな」

と捲し立てた。国生は再び汗ばんできた手を、力一杯握り締めた。

「それなら賭けなんかやめて、彼女に直接金を渡せばいいでしょう。それで丸く収まる。俺は関係ないと思いますけど」

「お前、少しは気が利いてると思ってたが、案外鈍感なんだな」

猿田は心底呆れた顔をして国生の肩を小突くと、腕を摑んで壁際まで引っ張って行った。

「お嬢が人の好意を素直に受けるなら、こんな回りくどいことするか。あの器量だし、機転も利くから、言い寄る男は多い。しかも、誰よりも誠実で自己主張がないとくれば、同性に嫌われる要素も皆無だ。だがな、お嬢は最低限の会話には応じるが、誰にも心を開こうとしない。客はもちろん、ここの同僚やオーナーにもだ。どうせ学校や私生活でも、そんな感じなんだろう。俺の言いたいことがわかるか？」

確かにつっけんどんなところはあるが、心を閉ざしているような印象はない。そして世理をよく知っている猿田が、こうして自分を特別視している。どうやら猿田の目には、ここまで世理と交わしてきた何でもない会話さえ珍奇に映っていたようだ。

「猿田さん、あいつのこと好きなんですか？」

猿田は軽く鼻で嗤って、

「若いってのは能天気でいいな。俺の娘も、生きてりゃあのくらいの歳だ。まあ、いずれお前にもわかる。いつまでも己で成そうとする虚しさ、次世代に託したくなる気持ちがな」

と満足そうに呟いた。

バカラ台にいる世理が、退屈そうにこちらを眺めている。国生にだって、彼女が何を考えているかなんてわからない。ただ、彼女は窮地に立たされていて、自分に助けを求めていることだけは確かだ。

〝隣で立たされている同級生を、放ってはおけない――〟

またしても、実家の母の姿がちらついた。

猿田に向かって、ゆっくりと頷いてみせる。猿田はたちまち相好を崩し、国生の背中を景気よく叩いた。

「よし、それならおまけだ。こいつもくれてやる」

猿田は運命を決するはずだったカードをつまみ上げ、国生の鼻先に突き出した。そこに描かれていたのは、ハートのJの澄まし顔。絵札のカードは0。つまりあのまま勝負を続けていれば、勝者は国生だったということだ。

「お嬢が二枚目にこれを引くとはな。ハートのJのモデルは、フランスの軍人ラ・イルと言われている。こいつはあの有名な女軍人、ジャンヌ・ダルクの最も忠実な戦友だったそうだ」

苦笑を浮かべた猿田が、国生の胸ポケットにハートのJを捩《ね》じ込む。

「歴史は詳しくないですけど、ジャンヌ・ダルクは結局火炙りになったんですよね」

深く考えずに返すと、猿田はカードが入っている胸ポケットを指差して、

「こいつが、捕縛された彼女の奪還に失敗したからな。六百年前の雪辱を晴らすつもりなら、今回はヘマすんじゃねえぞ」

と言うなり、野太い笑い声を上げた。

純也が奥の廊下から戻って来た。彼は席を外している国生と猿田には気づかず、辺りを見回しながら元の席に着いた。世理に国生の行方を訊ねているようだが、彼女は黙って台の上を整理している。どうせすぐに戻ると踏んで、説明を億劫がったのだろう。

押し黙ったままの彼女を前に、純也は漫然と視線を泳がせながら呟いた。

「ところでさ、モンローちゃんの本当のサイズっていくつ？」

動きを止めた世理は、上目遣いで純也を睨んでいる。

「国生には、マリリン・モンローのサイズを伝えたんだって？　冗談で上手くかわされたんだから、これ以上詮索するなって言ったんだよ。でも国生のやつが、どうしても知りたいって言うからさ。あいつ先に帰っちゃったんなら、代わりに教えてくんない？　後であいつに伝えておくから」

　世理は小さく溜め息をつくと、国生に呼びつけるような横目を送った。

「両替してくれた。暴れる酔っぱらいを止めてくれた。あなた、すごくいい人。馬鹿だけど」

　国生の盛大な失笑を聞いて、純也はびくりと振り向いた。そのきょとんとした顔が、さらに腹を捩れさせる。

　猿田曰く、世理は誰よりも誠実だ。ただの気まぐれで、マリリン・モンローを騙《かた》るはずがない。学生食堂のガラス越しに焼きついた、目を見張る身体のライン。初めから彼女は、嘘などついていなかったに違いない。

二

小学校から一気に駆け戻った国生は、自宅アパートの玄関前で立ちすくんでいた。彼はひとりっ子で、唯一の家族である母は仕事に出かけているはずだ。それなのに、かかっていなければならない玄関の鍵が開いている。

忍び足で中に入り、廊下からそろりと顔を出してみる。室内の惨状が目に飛び込んできて、しばし呆然となった。廊下を抜けた先の居間も、右手の寝室も、一面に物が散乱していて足の踏み場もない。泥棒が家捜《やさが》しでもしたのだろうか。ぞくりとしてその場にしゃがみ込むと、ランドセルの重さに耐えきれず尻餅をついた。小学二年生の身体に、中身がぎっしり詰まったランドセルはかなりの重荷だ。

奥から大きな物音がして、飛び上がった拍子にまた尻餅をついた。何かが床に落ちて、派手に砕けたような音。現場はどうやら台所のようだ。その場にランドセルを下ろし、廊下をじりじりと這って進む。台所が近づくにつれて、辺りに漂う殺気は鋭さを増していく。意を決して息を殺し、台所を覗き込んだ。そこにいたのは、口をへの字に曲げて床を睨みつける女性。

「入って来ちゃダメ！」

大きな声に縮み上がり、慌てて首を引っ込める。台所にいたのは、仕事に出ているはずの母だった。体調不良で早退したようには見えないし、もちろん早く帰る予定も聞かされていない。

「またお皿割っちゃった。掃除機をかけるから台所には入らないで」

母はせかせかと居間に出て来て、すれ違いざまにそう言いつけた。台所には、口の開いた真新しいダンボール箱がいくつも散乱している。

「何してるの？」

掃除機を抱えて戻って来た母は、

「引っ越しの準備」

とだけ答えて、掃除機のスイッチを入れた。皿の破片が吸い込まれるカラカラという音が、掃除機のホースを軽快に上っていく。

「午前中、引っ越し先の契約をしてきたから、来月から大きいおうちよ。嬉しい？」

「嬉しくない。ここでいい」

掃除機を操る動作が、急に荒くなる。

「どうして？　部屋は増えるし、小さいけどお庭もあるんだから。国ちゃん、自分の部屋が欲しいって言ってたじゃない」

国生は憮然として黙り込んだ。もちろん自分の部屋は欲しいし、庭があればいつでも外で遊べる。念願の犬も飼ってもらえるかもしれない。しかし彼の心は喜びや期待より、これまでの生活を失う不安で一杯だった。

「あらあら、そんな顔しちゃって」

掃除を終えた母の口元は、心配そうな声を出しながらも悪戯っぽくにやついている。

「引っ越して転校しちゃうと、好きな子と会えなくなるから嫌なんでしょ」

全力で首を振る息子を見て、母は嬉しそうに微笑んでいる。

「大丈夫、引っ越し先はすぐそこ。同じ町内だから転校しなくていいの」

彼が目を輝かせると、母は少しだけほっとした顔になった。息子の悲しい顔は見たくないだろうし、もし激しく反対されれば、ただでさえ面倒な引っ越しが余計煩わしいものになってしまう。

「でも、どうして引っ越すの？」

母の視線が宙を彷徨う。そうやってしばらく考え込んだ母は、急に彼を抱き上げて満面の笑みを向けた。

「ずいぶん重くなったわね。こないだまであんなに軽かったのに」

抱っこされるのは幼稚園以来だった。気恥ずかしくなって抵抗するが、まだまだ母の力にはかなわない。しかも心地好い体温がじんわりと伝わってきて、なけなしの意地をみるみる溶かしていく。

「国生も、もういろんなことがわかる歳だもんね。引っ越しをするのは、家族が増えるから。これからお父さんと一緒に暮らすの」

「死んだんじゃないの？」

その問いを予想していたのだろう。母は落ち着いた口調で即答した。

「本当のお父さんはね。来月から一緒に暮らすのは、新しいお父さん。とっても優しくていい人よ」

母は笑顔を見せつつも、真剣な目で息子の反応を窺っている。大きくなったとはいえ、国生はまだ九九も言えないほど幼い。新しい父という言葉をどう受け取るかは、母にも予想がつかないのだろう。

「偽者のお父さんならいらない。おじじがいるし」

「そんなこと言わない。今週末うちへ来るから、ちょっと話してみなさい」

母は渋い顔をして、再び台所を片づけ始めた。自分のせいで不機嫌になってしまった母を元気づけたい。でも、新しい父を簡単には認めたくない。国生の胸の中で、悩ましい葛藤が火花を散らす。

「そうそう、玄関に回覧板があるから、本田さんに持って行ってくれる？」

本田とは、同じアパートの上の階に住む家族のことで、そこには同じクラスの本田範子《のりこ》がいる。彼女の家庭にも父がおらず、母と娘の二人暮らしだ。

「戻ったら、身の回りの物を箱詰めしなさい。そのくらいはできるでしょ」

「えー、遊ぶ約束してるのに……」

「片づけが先。あんたの持ち物なんて少ないんだから、三十分もかからないでしょ」

それでも浮かない顔をしていると、母は呆れた調子で、

「それじゃ今日だけ特別。全部終わったらお小遣いをあげる。だから回覧板とお片づけ、お願いね」

と早口に言い渡した。別に小遣いが欲しくて拗ねたわけではない。心の中で反論しながらも、やむなく玄関に行って靴を履く。靴箱の上に立てかけてある回覧板を引ったくると、表紙に印刷された地元企業の広告が目に入った。

その中の一つが、彼を釘づけにした。不動産業の広告で、キャッチコピーや連絡先の下

に、笑顔でキャッチボールをする父と子のイラストが描かれている。気がつくと、驚くほど胸が高鳴っていた。もうすぐ父がやって来る。多くの同級生たちと同じ、両親がいる普通の生活――。


「回覧板、届けてくれた？」

母がご飯をよそいながら訊ねる。国生は茶碗を受け取ると、黙ってこくりと頷いた。

「返事くらいしなさい」

「うん」

「うん、じゃなくて、はいでしょ」

厳しい目を向けられて、仕方なく、はいと呟く。

「よそでそんな返事しちゃダメだからね。それじゃ、いただきます」

母は座卓に並べられた夕飯に向かって手を合わせると、深々とお辞儀をした。

「こら！　ちゃんと『いただきます』やった？　そんなにだらしないと、新しいお父さんに笑われるからね」

恐る恐る母を見遣ると、目尻が厳《いか》めしく吊り上がっている。母は最近、急に小煩《うるさ》くなった。ひと月前までは、早々に焼酎のグラスを傾けて、国生の所作などには目もくれなかったというのに。

「いただきます！」

むきになって大きく柏手を打ち、大声で叫ぶ。

「元気は満点だけど、ちゃんと礼をしてから」

苦笑いを浮かべた母が、ぞんざいに頭を撫で回す。そのせいで髪の毛はぼさぼさに逆立ってしまったが、そんなことを気にしている場合ではない。散々焦らされた腹の虫に急かされて、湯気の立ち上る炊きたてご飯を忙しくかき込む。

夕飯の献立は、国生が大好きなエビフライだった。エビフライ自体も好きだが、本命は皿に添えてあるタルタルソースだ。母が作るタルタルは、子供の口に合うようピクルスが少なめで、しかも細かく刻んである。そして何より玉子の黄身の風味が豊かで、そのねっとりとした旨味が口の中でさっと溶けていく瞬間がたまらない。

エビフライの先端でタルタルソースをたっぷりとこそげ取り、一気にかぶりついた。母の暢気な苦笑が聞こえる。

「最初からそんなにつけたら、ほら、もうほとんど残ってないじゃない」

国生の皿のタルタルソースは、あと三割ほどしか残っていない。

「もう、誰に似たんだか……」

母は自分のタルタルソースを、半分ほど国生の皿に移した。

「ほら、何か言うことがあるんじゃない？」

「お母さん、ありがとう！」

満面の笑みで答えると、米粒が口から勢いよく飛び出した。

「いい返事だけど、お行儀悪い。食べてるときは喋らない」

「うん、わかった！」

また米粒が宙を舞った。たちまち母の目が吊り上がる。

『うん』はダメ！　喋るのはあと！　それとよく見たらあんた、また箸の持ち方が変じゃない？」

未だに箸の持ち方が治らないのは、これまで母が厳しく言わなかったからだ。夕食時は欠かさず晩酌をしていたし、そのときの母はぼんやりとしていて機嫌がいい。そんな状態で放たれる小言は、どこか気の抜けたサイダーのようで、ぴりっとしたところがなく変に甘ったるい。

しかし、それもひと月ほど前までの話だ。ここのところ母は一切晩酌をしない。そればかりか、ことあるごとに小言を言うようになった。内心鬱陶しく思いながらも、アパートの狭い部屋に母子二人。逃げ場はないので、逐一素直に頷くしかない。

その日も母は、食事をしながら何度もしつこく問いかけてきた。学校での出来事、授業の内容、クラスメイトや教師との会話……。これらも小言と同様、ひと月前から始まった日課だ。しかもたちが悪いことに、素行が気に食わないと必ず難癖をつけてくる。

「ちょっと待って。その隣の席の子って、どのくらい立たされてたの？」

「五分くらい」

母は眉根を寄せて、不満そうに口を尖らせている。

「国ちゃんは、答えがわかってたの？」

大きく頷き返す。当然、褒められると思っていた。だが母は、一層目つきを険しくしている。

「どうして助けてあげなかったの」

意外な指摘に、ぽかんとするしかなかった。

「授業に一所懸命だった先生の気持ちもわかるけど、五分はちょっと長すぎない？　立っていれば答えが出るわけでもないし、逆に緊張して出るものも出なくなっちゃう」

要領を得ないまま、何となく頷いてみせる。それでも母の饒舌は止まらない。

「そんなに困っていたんなら、ヒントくらい出してあげなさい。先生だってきっと、引っ込みがつかなくなっただけなんだから」

「でも……」

この母に反論しても、すんなりと聞き入れるわけがない。だが、どうしても言い返さずにはいられなかった。

「勉強は競争でしょ？　テストで友達に答えを教えたりしないし。そんなことしてたら、みんな同じ点数になるよ。誰とも差がつかないなら……」

「勉強する意味がないって言いたいの？　それは違う」

母は厳しい口調で窘《たしな》めると、茶碗と箸を乱暴に置いた。隣の子より優れていることを示したかっただけなのに、母の機嫌を損ねてしまうとは藪蛇もいいところだ。

「お父さんは勉強が得意だったから、国ちゃんもその血を引いたのね。でも、できるからって威張っちゃダメ。勉強は人と差をつけるためじゃなくて、もっと大事なことのためにやるの」

父の話が出たことに、どきりとせずにはいられなかった。母は決して父のことを語らない。国生が訊ねても曖昧な返事をするだけで、この話題だけはいつもまともに取り合ってもらえなかった。

「お母さんが言いたいことは二つ。まず一つ目は、勉強は自分が褒められるため、威張るためにするんじゃない」

「自分のためじゃないなら、誰のため？」

「それはもちろん、自分以外の人のため」

「テストでいい点を取って、いい学校に入って、自分のやりたい仕事をするのも？」

「そう、全部人のためにやるの。たくさん勉強して、高い地位を手に入れたとしても、やってることが自分のためだったら台無し。結局、寂しい人生にしかならないんだから」

腑に落ちない顔をしていると、母の声はより熱っぽくなった。

「例えば国ちゃんが困っているとき、傍にお友達が二人いたとしようか。一人はすぐに力を貸してくれて、もう一人はお菓子をくれたら手伝ってあげると言う。国ちゃんは、どっちの子が好き？」

「すぐに助けてくれる子」

「でしょう？　それはお菓子を条件に出した子が、国ちゃんを助けるためじゃなく、自分の得のために行動したから。どれだけ能力を持っていても、その力を自分のためにしか使わない人は、絶対に幸せになれない。たくさん活躍したって、最後には周りに誰もいなくなっちゃう」

世界一の難問にぶち当たったような顔をしていたのだろう。母は苦笑を滲ませて、ようやく箸を握り直した。

「お金も、地位も、褒め言葉も、誰かを幸せにした後についてくるもの。だから国ちゃんも、お母さんも、みんなも、人を幸せにすることでしか幸せになれない」

「うん、わかった。あのさ……」

母の顔色を窺いながら、控え目に訊ねる。

「お父さんも、人のために頑張ってた？」

母の箸から、筍の煮物がするりと滑り落ちた。すぐに拾い上げようと箸を伸ばすが、上手く摑むことができない。

「そうよ、お父さんは誰よりも頑張ってた。だから国ちゃんにもできるよね」

母から父のことを聞いたのは、これが二度目だ。最初に聞かされたのは、国生が生まれる前に死んだという悲しい現実だった。それだけに今日の母が語った父の面影は、端的で短い言葉だったが、生身の父に触れたようなときめきをもたらしてくれた。

「そして二つ目。周りの人を大切にすること。困っていたら必ず助ける。自分に助ける力がなければ、どうすればいいかを一緒に考えてあげる。だから今日、どうしても答えがわからなかった隣の子にも、こっそり手を差し伸べてよかったの」

「先生に叱られない？」

「そうね、場合によっては叱られるかもしれない。でもそうすることで、辛い目に遭っている人を助けられると思ったら、迷わずそうしなさい」

「それって、先生が間違ってることもある、ということ？」

「さすがお父さんの子ね。そんなことにも気づいたの？」

母は嬉しいような悲しいような、見たことのない表情を浮かべた。

「でも違うの。先生はいつもみんなのことを考えてる。だから絶対に、言うことは聞きなさい。先生の言葉を守りながら、自分ができることを探せばいいだけ」

「そんなことできるかな」

「できるできる。だって国ちゃんは、とっても賢いお父さんと、とっても美人なお母さんから生まれたんだから」

戯けて目尻を下げた母の顔は、少し赤らんでいるように見えた。日中はいい天気だったが、今は火照りを感じるほど暑くない。晩酌をやめてしまったので、酔ったせいでもなかった。

「そういえば、範子ちゃんは元気？　クラスのみんなと仲よくしてる？」

思いも寄らない話題になって、国生は目を白黒させた。黙々とエビフライを齧ってみせるが、それでも母はこの話題を流そうとしない。

範子は色白でふくよかで、内気な性格をそのまま形にしたような容姿をしている。極度に引っ込み思案なところがあり、教室では本ばかり読んでいて、範子についてそれ以上の印象を持っている同級生はほとんどいなかった。

「範子ちゃんのところも、お父さんがいないのは知ってるでしょ。でもね、近いうちにお父さんができるかもしれないんだって」

「嘘、そんなことない」

思わず口走っていた。母の表情がたちまち曇る。

「どうしてそう思うの？　お母さんは、範子ちゃんのお母さんから直接聞いたんだけど」

耳たぶが燃えるように熱くなった。母はそれ以上問い詰めようとはしなかったが、微笑ましく思ったのか口元をうっすらと綻ばせている。

「うちと似た境遇で、しかも新しいお父さんができる時期も近いなんて、すごい偶然よね」

関心がないふりをしてエビフライを頬張り続けた。もし母が言ったことが事実なら、これほど切ないことはない。


つい数時間前のことだ。国生が回覧板を届けに上の階へ上がると、色白の少女が赤いランドセルと並んで通路に座り込んでいた。先ほどまで同じ教室にいた、本田範子だ。彼女は自宅の玄関ドアに背を預けて、呆然と空を見上げている。

「回覧板」

ぶっきらぼうに差し出すと、範子は立ち上がっておずおずと回覧板を受け取った。軽く俯いた顔は、綺麗に切り揃えられた前髪で半分ほど隠れており、どんな表情をしているのかわからない。

「ありがと」

か細い声で礼を言った範子は、また玄関前に屈んで空を眺め始めた。

「なんでこんなところにいるんだ」

年中潤んでいる大きな瞳が、すっかり空の青に染まっている。

「鍵、ないの。うちに置きっぱなしかもしれないし、落としたのかも……」

彼女の母は仕事に出ていて、夕方まで帰って来ない。他に行き場もないので、ここで母の帰りを待っているのだろう。

「お前、ほんとにドジだな」

「……ごめん」

彼女は通路に腰を下ろすと、両腕でぎゅっと膝を抱えた。その様子はまるで、危険を察した二枚貝が殻を固く閉じてしまうかのようだ。

「なんで謝るんだよ。別に悪いことしてないだろ」

「ああ……。ごめん」

「また謝った。そんなんだから友達いないんだよ」

つい本音を漏らしてしまった。この言葉が、彼女の胸を抉ることはわかっていた。

気がつくと、アパートの通路を全力で駆け戻っていた。うっかり口にしてしまった嫌味が、ずっと口の中に残っているようなひどい気分だった。

自宅に戻り、母の言いつけ通りダンボールを手に取ったが、範子の表情がちらついて一向に捗らない。水面に落ちた小さな羽虫でさえ必死にもがくというのに、彼女はいつだって苦い運命に逆らうことなく、静かに沈んでいく。居たたまれなくなって、下唇をきつく噛んだ。だがそれでも、胸の苦しさは少しも紛れてくれなかった。

片づけを終えて台所に行くと、母はいつからそうしているのか、大きい鍋や予備のざるを手に持ったまま途方に暮れている。先ほどの国生と同じように、考え事が作業を妨げているのかもしれない。

「片づけ終わった」

「そう、じゃあ遊んでらっしゃい。夕飯までには帰るのよ」

おざなりな返事。手の平を差し出してみたが、母はその手を見下ろしてきょとんとしている。

「お小遣いくれるんでしょ」

自分から言い出した約束を忘れるとは、やはり頭の中は考え事で一杯らしい。新しい父が加わり、三人になる家族のこれから。そこには多くの期待や安堵、そして、まだ見ぬ未来だからこそ描いてしまう無数の不安もあるのだろう。

足音を響かせて台所を出て行った母は、すぐに財布を持って戻って来た。小銭入れを開けて中を覗き込んでいるが、一向に小遣いを渡す気配はない。

「お小遣いはまた今度。これ食べときなさい」

ダイニングテーブルへ手を伸ばした母は、そこから小箱を一つ取って差し出した。その黄金色の箱の中身は、国生たちが暮らす地元の銘菓だ。煮た小豆を寒天で固めた、おでんの大根のような形の菓子。この菓子は確かに好きだが、今、欲しいのはそれではない。

「今日は楽太鼓いらない。それよりお小遣い……」

「なに言ってんの、どうせお菓子を買うんでしょ。それに楽太鼓は、あんたのお小遣いじゃ買えないくらい高いんだから。だったら二つあげるから、それでいいでしょ」

母は楽太鼓をもう一つ摑むと、国生の鼻先へ強引に突き出した。

「えー、お小遣いのほうがいい」

「今日は無理。ほら見なさい」

二

母が財布の小銭入れを開いてみせると、そこにはくすんだ色の硬貨が二枚あるのみだった。おそらく十円玉か五円玉だろう。

「わかったでしょう。今日は持ち合わせがないの」

それならお札を頂戴、とはさすがに言えず、渋々楽太鼓を二つ受け取って台所を出た。しかし、このまま出かけるわけにはいかない。居間に戻って、シールだらけの白い箪笥の上に手を伸ばす。そこには小遣いの残りを貯めている、豚の貯金箱が飾ってある。

底の蓋を外して、中身を机の上に広げてみた。ほとんどが赤土色の十円玉だが、稀に白い輝きが紛れている。国生にとってはとても貴重な、百円玉のきらめきだ。発掘できた百円玉は全部で五枚。それらをすべて握り締めて、颯爽と玄関を飛び出した。

友達と待ち合わせている公園へは向かわず、アパートの階段を一気に駆け上がる。上の階の通路を見通すと、範子は相変わらずぼんやりと空を見上げていた。

「まだ空を見てる。何が面白いんだよ」

「空が、近くに見える」

「近くに？」

範子の真似をして天を仰いだが、近さも面白さもまったく伝わってこない。

「うん。ここは地面より高いから」

「高いと言っても二階だろ」

「だけど、地面とは全然違う」

話しながら範子は、ほんのりと微笑を浮かべた。

「でも、空が一番綺麗に見えるのは、丘の上の神社。あそこはもっと、空に近くて、静かで、別の世界みたい」

この町の神社は小高い丘の頂上にあるので、範子の言う通り、空を眺めるには絶好の場所だろう。

「空が好きなのか?」

それまで微笑んでいた範子は、急に口元を強張らせた。

「好き。だけど、見ていたくない」

「どういうことだよ」

二人の間を、重苦しい沈黙が遮った。最初の和やかさは消え失せ、範子の目元には暗い影が差している。長い沈黙の末、彼女は諦めたような細い声を出した。

「空を見ている間は、他の景色を見なくていい」

至福であり逃避。普段の範子を印象づけているもどかしい雰囲気は、もしかするとこの矛盾した気持ちが原因なのかもしれない。

「それで、夕方までそうしてるのか？」

返事がないということは、そのつもりなのだろう。意を決して、範子の鼻先に握り拳を運んだ。彼女はその拳を不思議そうに見詰めている。

「手、出せ」

開いた拳から、きらきらと光がこぼれた。そのきらめきは、彼女の手の上でかちゃかちゃと音を立てて、五枚の百円玉となった。

「おばちゃんが帰って来るまで、おやつ抜きだろ。それで何か買えよ」

「いらない」

範子はすぐに国生の手を取って、五枚の百円玉を突き返した。彼女の悲しげな表情が、その場を一層息苦しくさせる。もう一度小銭を差し出すと、彼女は俯いたまま消え入るような声を出した。

「何か、欲しそうに見えた？」

乾いた北風が吹き抜けて、彼女の真っ直ぐな黒髪を乱した。道路を挟んだ向こう側では、雑木林がざわざわと騒いでいる。

「何だよ、せっかく来たのに」

心ない捨て台詞を聞いても、範子は膝を抱えたまま顔を上げようとしない。国生はたちまち居場所を失った。足早に通路を引き返しながら、突き返された小銭をウインドブレーカーのポケットに流し込む。するとポケットの中から、たかたかと小太鼓を叩くような音が聞こえてきた。

立ち止まって振り返ると、範子が静かにこちらを見送っている。モノクロの世界を見ているような、とうに見慣れた色のない顔。ただそのときだけは、彼女の真っ白い表情に鮮やかな色を塗ってやりたくなった。

範子に駆け寄り、ポケットから楽太鼓を取り出して握らせる。彼女は手の上で黄金色に輝く小箱を一瞥しただけで、すぐ足元に置いてしまった。すかさず逆のポケットを漁り、二個目の楽太鼓を取り出してみせる。

「俺はここで食べる。お前も食べれば」

小箱を開けて中身を取り出し、慣れた手つきで包装を剝ぐと、中からつるりとした小豆色の菓子が現れた。豪快に半分ほど齧り取る。餡の風味と求肥《ぎゅうひ》の粘っこい食感が、程よい甘味と混ざり合って口の中に広がっていく。曇天だった胸中はたちまち晴れて、ちっとも可笑しくないのに笑みがこぼれた。

隣に目を遣ると、相変わらず神妙な顔をしている範子と目が合った。長い睫毛が瞬きをする度に大きく羽ばたいて、まるでアゲハ蝶のようだ。

「いらないのか？」

　彼女の手が、そろそろと楽太鼓に伸びる。丁寧に包装を剝いだ彼女は、唐突に大口を開けて菓子を頰張った。これほど甘く、滑らかで、優しい味の菓子を食べたのだ。きっと笑顔になるに違いない。

　ところが範子は笑うどころか、そのうちぽろぽろと涙を流し始めた。意外な反応に言葉を失っているところへ、春の突風が吹きつける。思わず身を寄せ合ったが、春風に思ったほどの冷たさはない。むしろ、ほんのりとした温かさが心地好いくらいだ。

　温もりが一向に去らないことに気づき、はっとして身を起こした。いつまでも続く優しい温かさは、春風の名残ではない。隣で縮こまっている範子の、触れ合った肩から伝わる肌の温もりだ。

「――おいしい」

　ぽつりと呟いた範子は、残りの楽太鼓を少しずつ齧って、その素朴な甘味をいつまでも嚙み締めていた。

　国生は昼間の出来事を思い返しながら、範子に父ができるという話を改めて嘘だと思った。これまで存在しなかった父が、ある日突然目の前に現れる。この吉報を喜ばないなら、一体何を喜ぶというのだ。母の言ったことが正しいなら、すでに範子は父ができることを知らされているはずだ。それなのに学校でも、今日の午後も、明るい兆しは少しも見られなかった。それどころか、甘い菓子を食べて涙を流す始末だ。

父の話を聞いているなら、期待にそわついているはず。美味しそうに楽太鼓を食べて、満面の笑みを浮かべるはずだ。だからどうしても国生は、範子に父ができるという話を信じることができなかった。

これまでずっと、想像上の人物でしかなかった父。その人はどんな人で、どんな幸せを連れて来てくれるのだろう。くすぐったい妄想が胸中に溢れて、今夜はなかなか寝つけそうになかった。母はいつも通り、澄まし顔で食事を続けている。国生はその顔をさりげなく盗み見ながら、心の中で密かに感謝を叫ばずにはいられなかった。

父を迎えて三年の月日が経ち、小学五年生になった国生は、二階にある自室の窓を開けて外を眺めていた。朝の春風が流れ込んできて、淀んでいた室内が一気に新鮮さを取り戻す。

今日は月曜日だが、前日が授業参観だったので振替休日だ。昨日授業を見に来たのは、父の玲司《れいじ》ではなく、凛々しいスーツを着込んだ母だった。普段はがさつでいい加減な母だが、念入りな化粧、夜空に輝く一番星のようなピアス、そして人前に出たときの肝の太さと熟れ

二

た身のこなしは、教室内でひときわ異彩を放ち、クラスのどの親もかすんで見えるほど垢抜けていた。

国生は母が来ると決まるまで、わざと風邪をひいて休もうと考えていた。参観日だけでなく、日常でも父は厄介者以外の何者でもない。家の中では極力顔を合わせないよう、朝は父よりも早く起きて居間や洗面所を使う時間をずらし、夜は黙って食事を済ませると、勉強をするふりをして自室に引きこもった。

それほど徹底して距離を置いているものの、特に嫌いなところがあるわけではなかった。むしろ逆で、ある日突然やって来た父には特筆すべき点が何一つなかった。ことあるごとに怒鳴り散らされるよりはいいが、空気のように振る舞い、人の顔色ばかり窺う父など気味が悪い。上手く馴染みたい気持ちがそうさせるのかもしれないが、普通の家庭を待ち望んでいた国生にしてみれば、拍子抜けもいいところだった。

玄関の扉が開く音と、何者かが入って来る足音が聞こえた。侵入者は慌ただしく廊下を通り抜けて、奥の居間に入ったようだ。鍵のかかった玄関から易々と入ったので、父か母だとは思うが、足音がひどく乱暴だったので不審者の可能性もゼロではない。

自室を出て恐る恐る階段を下りると、居間から父の声が漏れ聞こえた。だが、話し振りが普段と違う。日頃からもの静かで、口調も人一倍穏やかな父が、粗暴な言葉を滑らかに使いこなしている。父以外の声は聞こえないので、どうやら電話で話しているらしい。

思い切って扉を開けると、居間の座卓に肘をついて座っているのは間違いなく父だった。仕事着のジャケットを足元に脱ぎ捨て、ネクタイはだらしなく緩められており、片膝を立てて携帯電話と軽薄な会話に興じている。父は国生に気づくと、裸を覗かれたような顔をしてしばらく黙り込んだ。

「――なんだ、いたのか。学校はどうした」

上擦った声、平静を装う薄笑い。痛々しいことこの上ない。しかも授業参観の振替休日だと説明すると、はっとした丸い目をする始末。参観日のことは聞いていたはずだが、興味がなかったのか忘れていたらしい。

居たたまれなくなったのか、立ち上がった父はそそくさと国生の横を通り過ぎて廊下に出た。

「今日は仕事じゃないの？」

わざと無邪気に訊いてみる。

「仕事で近くに用があってな。ついでに寄っただけだ。しばらくしたら、また出かける」

気のない声で答え、慌ただしくトイレに逃げ込む父。トイレの中から、微かに話し声が聞こえる。電話の続きを始めたようだ。聞きたくもないのに、浮ついた話し声は勝手に耳の奥へ滑り込んでくる。これが自分の父。無性に情けなくなり、耳を塞がずにはいられなかった。

話し終えた父は、水を流して用を足したふりをすることもなく出て来ると、何食わぬ顔で身支度を始めた。すぐに出かけると思いきや、棒立ちになっている国生の前に屈み込んで視線を合わせてくる。

「休みなら小遣いがいるだろう。母さんには内緒だぞ」

財布から一万円札を取り出した父は、それを国生の前に差し出した。予想外の不気味な笑顔に、思わず後ずさる。

「どうして内緒にするの?」

父の手が、国生の肩に乗った。これほど打ち解けた態度は何年ぶりだろう。

「お前も大きくなったから、遊ぶ金が欲しいだろう? でもお前を甘やかすと、母さんに叱られるんだ。この小遣いも、バレたら取り上げられるかもしれない。だから内緒だ」

そこまで言うと、父は急に深刻な顔をして、

「国生、父さんは午前中、帰って来なかった。そういうことにしておいてくれ。国生と父さんだけの秘密な」

と、他に誰もいないのに小声になって囁いた。これがどういう意味なのか、十一歳の国生

にも何となく想像はつく。ここで小遣いを受け取れば、自分は父と何らかの取り引きをしたことになるのだろう。

一向に受け取らない国生に痺れを切らしたらしく、父は溜め息まじりに立ち上がった。珍しく愛想がよかった父は、もういない。廊下の途中の階段に一万円札を放り投げて、普段の出勤時のようにせかせかと革靴を履く。

「小遣いはそこに置いたからな。忘れずに拾っておけよ」

何が何でも小遣いを押しつけて、黙らせるつもりのようだ。国生は小遣いを突き返す代わりに、玄関でジャケットを羽織る父の背中へ言葉を投げつけた。

「さっきの電話、誰から？」

振り向いた父の表情は、ぎこちなく強張っている。その視線は驚くほど空虚で、どこまでも冷たい。

「なぜそんなことを訊く」

途端に険しさが増した父。想像以上の反応だ。

「だって、仕事っぽくなかったから」

「そうか？　つき合いが長いお客さんだからな。父さんはこれからその人のところに、難しい仕事の話をしに行く」

落ち着きを失った目が、袋小路に陥った小動物を思わせる。そして残念なことに、目の前でそうやってうろたえているのは、曲がりなりにも自分の父――。

「小遣いが足りないなら、また帰ってからな。よろしく頼んだぞ」

息子の視線を退《しりぞ》けて、玄関の扉を乱暴に開け放つ。国生は去りゆく父の背中を見送りながら、心の中で悪態を繰り返した。毎日、家族から逃げるように出かけて行く男。これが、あれほど憧れていた父。逃げるくらいなら、もう二度と帰って来なければいい。

「父さん」

閉じかけた扉の隙間へ、咄嗟に呼びかけた。

「さっきの電話の相手、女の人だよね？」

振り返った父と一瞬だけ目が合ったが、目線はすぐに虚空へ逃げた。

玄関は音もなく閉まり、あとには静寂だけが残った。今の問いは、父の耳に届いただろうか。父の言いなりになどならないと、はっきり伝わってくれただろうか。階段に残された一万円札を小さく折り畳み、ポケットの奥へ捩じ込んだ。これは拾ったことにして母に渡そう。あの父に返すより、そうするほうがずっとましだ。

室内の静けさに耐えられなくなって、外へ出た。行き先が定まらないまま、午前中の閑散とした住宅街を進む。しばらく無心になって歩いていると、急に足が止まった。目が勝手に、二階建ての四角い建物へ吸い寄せられる。現在の借家に引っ越す前、母と二人で住んでいたアパートだ。

冷たい春風が胸騒ぎを運んで来た。誰かの顔を思い出しそうになって、慌ててその場を立ち去る。アパートを足早に通り過ぎ、充分遠ざかったところで少しだけ振り返った。アパートの向かいの雑木林が、聞き慣れた葉擦れの音を奏でている。天を見上げると、千切れ雲が青空を孤独に漂っていた。

国生の足は住宅地を抜け、町外れの水田地帯を横切り、その先の小高い丘を目指して淡々と進んだ。若草の香りを含んだ風が全身を撫でる。石造りの古い鳥居と、苔だらけの石段がようやく見えてきた。

鳥居をくぐって石段を登り、鬱蒼とした林に囲まれた神社の境内で足を止めた。人影はなく、左手には水の枯れた手水舎、正面には小屋ほどの大きさの寂れた本殿が鎮座している。その他にあるものといえば、小鳥のさえずりと微かな風の音くらいのものだ。

細い木漏れ日が無数に射し込んで、地面に白い斑点模様を作っている。何気なく頭上を見上げると、ひときわ大きく開いた枝葉の間から、鮮やかな青空と、先ほど見つけた千切れ雲が覗いていた。

「稲葉……くん？」

ぎょっとして辺りを見回した。この神社は神職が常駐しておらず、社務所のような施設もない。息を詰めて人の気配を探していると、本殿の裏手からおずおずと人影が現れた。

「久し振り……でいいのかな。稲葉君は三組だっけ」

声をかけてきたのは、国生と同じく十一歳になった本田範子だった。三年生のクラス替えで別のクラスになったきり、範子とはまともに顔を合わせていない。登下校時に見かけることはあっても、お互い声をかけることはなかった。

「ああ、本田は確か……」

そう言いかけて、慌てて口を閉じた。範子のクラスは知っているが、そのことを知られると何となく気まずい。

「私は一組。毎日同じ学校に通ってるのに、なかなか会わないよね。稲葉君、すごく背が伸びてて、近づくまでわからなかった」

それはお互い様だった。範子もかなり身長が伸び、印象的だった丸顔はすっかり細くなっている。ただそれでも、肌の白さと独特の愛嬌はしっかり残っていた。

ショートだった髪は肩下まで伸ばされ、くせ毛なのか少し波打っているが、手入れが行き届いていて散らかった印象はない。顔立ちは大人びて、ピンクの玉のついたヘアゴムで左右に結った子供っぽい髪型が、成長の度合いを余計に際立たせている。もしこれが初対面なら、彼女のことを同級生だとは思わなかっただろう。

「俺、そんなに変わった？」

「うん、前より男っぽくなった。稲葉君って、どちらかといえば可愛い感じだったから」

同級生というより、歳の離れた姉のような返答。あまりいい気はしない。

「本田だって小さかったくせに。玄関の前に座り込んで、ずっと空を眺めて」

「そんなことあったっけ。よく覚えてるね」

「空ばっか見てるのが変だったからな」

範子の大人っぽくも愛らしい苦笑いが、痺れに似たもどかしさを誘う。だがその笑顔には、暗いくすみのようなものが少なからず混ざっていた。間違いなく彼女は、地味で人見知りだったあの頃より笑うのが下手になっている。

「そういえば、稲葉君は何しに来たの？」

「別に。本田は？」

「私？　行くとこないから」

「それでわざわざこんなところに？」

相変わらず微笑んではいるが、その瞳はどことなく上の空だ。何か別のことが気になっているのだろうか。

「ああ、また鍵をなくしたとか？」

ふいと視線を逸らし、ゆっくりと首を振る。

「じゃあ空を見に来たのか？　相変わらず変わってるな」

辺りに居たたまれない空気が立ち込める。彼女は黙ったまま踵を返すと、そのまま本殿の裏手へ駆けて行った。

「待てよ！」

言うより早く、逃げる背中を追いかけている自分がいた。

裏手には林の切れ間があり、そこから北側の町並みを一望できる。彼女は境内を取り巻く色褪せた柵の手前に佇んで、ぼんやりと町を眺めていた。水色のワンピースの裾が緩やかにはためいて、それは青空が映り込んだ水たまりと、そこに波紋を描く天気雨を思わせた。そんな湿っぽい後ろ姿とは対照的に、膝丈のワンピースの下からは活き活きとした白い脚が伸びている。

彼女のすぐ傍まで迫りながら、肩に手を伸ばすことも、そっと横に並び立つこともできなかった。それでもどうにか気持ちを奮い立たせ、今、最も訊きたい一言を愚直に絞り出す。

「何か、あったのか？」

彼女はかすむ町並みを望んだまま、振り向こうともしない。ゆっくりと歩み寄り、さりげなく横顔を覗き込んだ。その頬には、切ない雨の跡が一筋光っている。

「ごめん、帰る」

すれ違う細い腕を咄嗟に摑んだ。振り返った彼女の潤んだ瞳が、国生を冷たく責める。

「離して！」

引っ込み思案で臆病だった彼女のどこに、こんな激情が潜んでいたのだろう。その迫力に気圧されながらも、懸命に言葉尻へ食らいついた。

「泣くくらいなら話せ」

「どうして訊きたがるの？　三年話さなくても平気だったくせに」

思いも寄らない嚙みつきが心を引き裂いた。三年という時間の重さに胸が潰れそうだ。

「――悪かった。謝るから泣くな」

そっと腕を離し、必死に笑顔を作ってみせる。

「変な顔、やめてよ。それに私、泣いてないから」

反論した途端、彼女は大粒の涙をぼろぼろとこぼした。あのときと同じだ。三年前、アパートの通路で話していたときも、彼女は何の前触れもなく涙を流し始めた。ただ、あのときはわからなかった涙の意味を、今は少しだけ理解できる。

ひとしきり泣いた範子は、境内の柵に身を乗り出して空を仰いだ。胸中に溜まった雨雲を追い出そうとしているのか、そうやって清々しい空色を胸一杯に吸い込んでいる。

「稲葉君は勉強ができるから、記憶力もいいよね」

唐突な問いかけの後、彼女は急に表情を強張らせると、

「でも、これから話すことはすぐ忘れてほしい」

と小声で念を押した。怪訝に思いながらも、素直に頷いてみせる。

「あのね、私、逃げて来たんだ」

「逃げるって、何から？」

言葉を詰まらせた彼女は、ゆっくりと息を吸い直してから続けた。

「お父さん」

「喧嘩でもしたのか？」

その問いには答えず、国生の顔を横目で覗き込む。

「稲葉君のうちにも、お父さんが来たんだよね。どう、楽しい？」

眼前に、玲司の辛気臭い顔が舞い戻った。曖昧に頷いてみせると、彼女はその強がりを見抜いたのか、少しだけ口角を上げた。

「うちの新しいお父さんはね、私が小学校に上がった頃から遊びに来てたんだけど、一緒に住み始めたのは三年生になってから。今もあのアパートに、お母さんと私と、三人で住んで

る」

「うちは引っ越し前に一度会って、引っ越しと同時に同居だった。父さんとはあんまり話さないな。いてもいなくても変わらないっていうか……」

彼女の口元に、意味深な含み笑いが浮かんだ。

「そうなんだ。稲葉君のところは、楽しい生活になったと思ってた。じゃあもしかして、私たち仲間？」

そのとき足元から春風が吹き上がり、彼女のワンピースをふわりと躍らせた。慌てて目を逸らしたが、当の本人はさほど慌てる様子もなく、奔放に漂うワンピースの裾を落ち着いて宥めている。他の同級生なら、甲高い悲鳴を上げて騒ぐところだ。

風が収まると、彼女は何事もなかったかのように話を続けた。

「実はね、私もお父さんとはほとんど話さない。たぶん、稲葉君よりずっと」

「だったら、どうして逃げるんだよ。話さないんだったら別に……」

異様な気配を感じて、思わず言葉を呑み込んだ。彼女の雰囲気が豹変してしまっている。その表情は思い出し笑いを必死に堪えているようで、とても父との不仲を打ち明ける顔には見えない。

「お母さんみたいに小言は言わない。だけどうちのお父さん、すごく気持ち悪くて……」

「気持ち悪い？」

「そう。いつも変な目つきでこっちを見てる。いきなり身体を触られることもしょっちゅう。胸とか、お尻とか」

おぞましい悪寒が全身を粟立たせる。彼女がさりげなく身体の向きを逸らしたことで、自分の視線が胸元に注がれていたと気づいた。そこには確かに、三年前にはなかった初々しい女性らしさがあった。

「最初は偶然かと思ったけど、どんどん頻繁になって、最近は後ろから抱きつかれたり……。そういうの、すごく気持ち悪くて」

「だったらそう言えばいいだろ。嫌だからやめてくれって」

「でもそれでお父さんと喧嘩したら、きっとお母さんが悲しむ」

「そういう問題じゃないだろ！」

「ありがとう。でも我慢できるし、それで誰も喧嘩しなくて済むなら……」

さばさばと語ってきた声が、明らかに震え始めた。それでも彼女は頑なに、陽気を装い続ける。

「そんなこと、よくおばちゃんが許したな」

「お母さんは知らない。お父さんは一年くらい前から仕事に行かなくなって、ずっとお酒ばかり飲んでて、だから学校から帰ると、必ずうちにいて……」

「だったらすぐおばちゃんに言え！」

「言えるわけ、ないじゃない」

範子は境内の柵に手をついたまま、青空へ向かって力なく呟いた。猛烈なもどかしさが、全身をがたがたと震わせる。そこまでして彼女は、一体何を守るつもりなのか。

「今朝、お父さんに言われた。昨日の授業参観で手を挙げられなかったのは、日頃の勉強が足りないせいだって。罰として一日中裸でいろって怒鳴るから、私、飲みかけのビールを蹴飛ばして逃げて来た。もう、うちには……」

「もういい、俺が……」

話を遮らずにはいられなかった。これ以上聞いていると、頭がおかしくなってしまいそうだ。

「俺が、代わりに言う」

「どういうこと？」

潤んだ瞳を見開いた範子は、口元にありありと怯えを滲ませた。

「どうせ今日のことだって、黙って呑み込むつもりなんだろ？　でも、このままだと苦しみは終わらない。だったらいっそ、早いうちに喧嘩したほうがましだ。これから本田のうちに行って、お前の父さんにやめてくれって頼んでみる」

「やめて！」

悲痛な叫びが脳天を貫いた。だがそれでも、黙るわけにはいかない。

「自分のせいで喧嘩になるのが怖いのか？　この先、もっとひどい目に遭うかもしれないいんだぞ？　お前だって本当はわかってるんだろ？」

範子の表情がみるみる強張っていく。図星だ。残念ながら彼女は、もっと悲惨な未来を予感、もしくはすでに経験している。

居ても立ってもいられず、本殿の脇を通り抜けて石段を駆け下りた。若い草花のむせ返るような青臭さを掻き分けて、煮えたぎる腹わたの熱を動力に疾走する。

「待って、私は大丈夫だから！」

追いすがる範子の叫び声が絡みつく。それでも足の勢いは少しも衰えない。大丈夫でないことくらいわかっていた。本当に大丈夫なら、小さい頃から空へ逃げ場を求めたり、家を飛び出して神社に駆け込んだり、国生の前で何度も涙を流したりするわけがない。そもそも、偶然再会しただけの同級生にこれほど深刻な告白をする理由が、他のどこにもないではないか。

後ろから肩を摑まれて、ようやく足が止まった。困惑しきった範子の瞳からは、また大粒の涙がこぼれている。

「どうして？　稲葉君には関係ないでしょ？」

もどかしさを通り越して、半ば怒りを覚えた。ただ、その怒りは範子に対してではない。この三年間、彼女のことをそれとなく気にしながら、声をかける勇気さえ持てなかった自分に対してだ。

「いや、関係ある」

「嘘、どう関係あるの？」

ここに来てまた、玲司の後ろ姿がちらついた。自分勝手で、弱い者の前で尊大に振る舞い、母のように笑顔を分けてくれることもなく、ただただ不気味で疎ましい存在――。

「ほら、やっぱり出まかせ」

範子の諭すような声が、冷ややかに頬を打つ。

「出まかせじゃない。本田は小さい頃、学校でも隠れて泣いてただろ。休み時間の度に、誰も寄りつかない体育館裏で。そして今も、そうやってすぐに泣く」

彼女は慌てて目元を拭った。口を真一文字に結んで強がってはいるが、充血した瞳と腫れた瞼があまりに痛々しい。

「俺はもう二度と、そんな顔を見たくない」

「見たくないなんて、ひどいよ……」

固く押し込まれていた栓が抜けて、感情が一気に吹き上がったのだろう。ずぶ濡れになった範子の顔が、国生の胸にきつく押し当てられた。風に揺れる彼女のくせ毛を、呆然と見下ろす。小刻みに震える肩を思い切り抱き締めたくなったが、それがこの場にふさわしい行動かどうかは、いくら考えても答えが出なかった。

「――わかった、もう泣かない。これでいい？」

ようやく顔を上げた彼女の目元に、これまでの雨模様は見当たらなかった。それどころか、雨上がりの冴えた爽快感さえ見られる。目尻に一粒だけ残っていた涙も、水田の苗を揺らして吹き抜けた春風に舞って、瞬く間に消えてしまった。

「ありがとう。私、お母さんに言う」

「一人で大丈夫か？」

「うん、もう怖くない」

範子は両腕を大きく広げて、その場で軽やかに回ってみせた。思わず口元が緩む。まさかあの彼女から、笑顔を分けてもらう日が来るとは思わなかった。

「そうだ、一つだけお願い」

彼女が急に心細い声を出したので、胸中に再び暗雲が広がった。下腹に力を入れて、じっと次の言葉を待つ。

「お母さんが帰って来るまで、一緒にいてくれる？」

たちまち腹の力が緩んだ。汗まみれになってしまった手を、所在なくポケットに突っ込む。何かが指先に触れた。小さく畳んであったそれを取り出し、鼻先で広げてみる。玲司が小遣いと言って置いて行った一万円札だ。

「このお金でファミレスでも行くか？」

「どうしたの、そんな大金」

しばし言い淀んだ末、堂々と胸を張って答える。

「母さんに貰った。困ってる人がいたら使えって」

「それなら、後で返すからお弁当買おうよ。ここで一緒に食べない？」

そのちょっとした遠足のような提案は、朝から沈んだり、締めつけられたり、燃え上がったりと忙しかった心を素直に躍らせた。

「だったらお菓子とジュースも買おう。食べきれないくらいたくさん」

「賛成！」

あの範子が無邪気にはしゃぎ、陽気な笑い声を上げている。だが、今日という日が終わってしまえば、範子はまたいつもの彼女に戻ってしまうだろう。

いつかきっと、この笑顔が当たり前になる。国生はそう予感していた。そして同時に、この笑顔を見せる相手が、彼女の中でずっと変わらずにいてくれればと、そんなくすぐったい願望を抱かずにはいられなかった。

本田範子が転校したという噂を聞いたのは、神社の一件からひと月半ほど経った蒸し暑い午後のことだった。放課後の国生は、夏の気配が混じり始めた陽射しの下を、汗も拭わずに急いだ。

あの日、国生と範子は日が暮れるまで神社で過ごし、共に日没を見届けた後、各々の家路に就いた。別れ際の薄暗い路地で足を止めた彼女は、固い決意を口にした。とは言うものの、熱っぽく意気込みを語ったわけではない。ただ一言、行って来るね、と言い残しただけだ。幸せそうにはにかんだ彼女は、父との確執が解決した暁には、必ず国生に報告すると約束した。

アパートの前に着いた国生は、恐る恐る二階を見上げた。窓の防犯用アルミ格子は外されており、窓の端に束ねられていたカーテンも見当たらない。国生は虚ろな目をして、自宅とは逆方向へ足を向けた。

二

照り返しのきつい道路を足早に抜けていくと、いつかの水田が見えてきた。すっかり伸びた若い稲たちが、風に合わせて身を揺らし、さらさらと小気味好い音を立てている。範子がいたあの日は見る影もなく、風の音も、草の香りも、空気の感触も、すべてが様変わりしてしまっていた。

鳥居をくぐり、石段を登って、神社の境内を隅々まで見て回る。相変わらず人の姿はなく、木漏れ日がきらめき、穏やかな風が吹き抜けるばかりだ。せめてあの日の空を見ようと、本殿の裏手へ回り、朽ちかけた柵に歩み寄った。

そのとき、視界の端に場違いなピンク色を見つけた。裏側に回り込んでいたため遠くからは気づかなかったが、柵の支柱に青い巾着袋がかけてある。その巾着袋の紐には、見覚えのあるピンクのヘアゴムが括りつけてあった。そしてかかっている場所は、ちょうどあの日の彼女が立っていた辺りだ。逸る指先で巾着袋の口を開くと、中には弁当と菓子が買えるほどの小銭と、一枚の絵葉書が入っていた。

絵葉書の裏面は、ひまわり畑の写真だった。構図の三分の一は満開のひまわり畑で、残りの三分の二はどこまでも広がる紺碧の空。写真の隅には、撮影場所の地名が小さく記されている。社会科の授業でしか聞いたことがない、とても遠いところだ。

葉書を裏返すと、表の余白に文字を見つけた。そこには薄く華奢な字で、

〝ごめんなさい　もう泣かないと決めたから〟

と書いてあった。

ぼたりと音を立てて、水滴が葉書の上に落ちた。懸命に歯を食いしばって、次の滴が落ちる前に天を仰ぐ。こんな有様では、また一つ逞しくなった彼女に笑われてしまう。いくらそう言い聞かせても、温かい滴は次々に溢れ、とめどなく頬を伝っていった。

会って話せば、あの日誓った約束を果たせない。だから彼女は、敢えてこのそっけない別れを選んだに違いない。

頭上には、あの日より深みを増した群青の空が広がっている。周りの林から、遠慮がちな蝉の声が聞こえてきた。境内を通り抜けていく風には、芳ばしいような初夏の香りが混ざっている。彼女もきっとどこかで、この移ろいを感じているだろう。

新しい季節は、もうすぐそこだ。

三

国生が電車を降りると、そこはまるで熱い紅茶の中だった。ホームは橙色の夕陽に浸り、息をするだけで胸が火傷してしまいそうだ。ホームの向こうに見える寺は、鬱蒼とした林に囲まれている。そこから聞こえてくる九月の蝉たちの雄叫びが、辺りの物音をすっかり塗り潰してしまっていた。ただでさえ堪え難い暑さなのに、母の小言に似たやかましさが余計に気を滅入らせる。

駅を出て、まだ慣れない家路を急ぐ。入学当初から住んでいたアパートを引き払って、郊外の住宅地に移り住んだのはつい一週間ほど前のことだ。大学と、世理のアルバイト先、どちらへも通いやすい地域を探しているうち、この静かな町に落ち着いた。

新居は、駅から徒歩十分の2LDKマンションだ。コンクリートの打ちっぱなしという外観が寒々しく、それが原因なのか、この辺りの相場より家賃が少し安かった。世理はこの閑静な町をすぐに気に入った。もとより住む場所にこだわりのない国生は、内覧から戻った世理に言われるまま、その部屋を借りた。猿田から受け取った金は、賃貸の契約と二人の引っ越し代を払ってもまだ半分ほど残っている。残りを家賃に充てれば、ちょうど大学卒業くらいまではもつだろう。

世理との同居は、仕送りが途絶える来年の春からという話だったが、そうも言っていられなくなった。卒業間近の四年生だというのに、世理は童話の執筆にのめり込んでしまっている。国生と出会う前にも数作書いたらしいが、それでもまだ筆を持つ手が疼くらしい。そうなると当然、本来やるべき学業は疎かになってしまう。

世理は夏休みを目前に控えた七月になっても、卒業論文のテーマさえ決めていなかった。このままでは、純也にも増して卒業が危うい。放っておくわけにもいかなくなった国生は、監視役として夏休み中の同居を決めた。親戚が近くにいるわけでもなく、友達さえ皆無の彼女にとって、卒業は国生の監視にかかっていると言っていい。

卒業という現実を突きつけられた彼女の心は、激しい化学反応を起こしたのだろう。迫り来る現実と、童話作家という夢。きっとこの二つがぶつかり合ってできた化合物が、創作意欲をひどく駆り立てているに違いない。それに引き換え、国生には世理のような情熱がまるでなかった。心中は常に整頓されていて、いつ見渡しても塵一つ落ちていない。そこには当然、現実とぶつかり合い、火花を散らすものなど何もなかった。

国生の目の前には、いつでも無数の選択肢が広がっている。夢という名の険しい一本道しかない世理と比べれば、少しくらい余裕を感じてもいいはずだ。しかし、世理を見て感じるのは余裕や優越感ではなく、どこまでも空虚な自分だった。一本道を行きたいなんて、露ほども思っていない。それなのにいつまでも心が満たされず、むしろ焦りに似た感情を抱いてしまうのはなぜだろう。

帰宅した国生がリビングに入ると、胡座をかいて鎮座する世理の背中が目に入った。開け放ったサッシの前に小さな座卓を設けて、そこで書き物をしているようだ。国生の帰宅に気づいていないのか、座卓にしなだれかかったままぴくりとも動かない。近づいて手元を覗き込むと、ノートに向かう張り詰めた横顔が見えた。精密機械のように文字を書きつけていく鉛筆。その先を、真剣な眼差しが正確に追いかけている。

ようやく国生に気づいたようで、世理はびくりと肩を震わせて顔を上げた。

「いるなら、声かけて……」

下着を着けていない胸元が大きく揺れて、さりげなく視線を逸らす。

「声だったら、玄関でかけたんだけどな。それよりその格好、どうにかしてくれ」

彼女は束ねた髪を頭頂部で丸く結い、その下は胸元の開いたVネックの白いTシャツに、濃紺のショートパンツという隙だらけの格好だ。さすがに裸で歩き回ることはないが、風呂上がりや寝起きに無防備な薄着でうろつかれると、心穏やかというわけにはいかない。

「だって、暑い」

「部屋でエアコン使えよ」

「えー、もったいない。それに、外の風のほうが、好き」

服装の件は聞き入れてもらえそうにない。これ以上注意したところで、無駄な押し問答が続くだけだ。

「そういえば、手元がパソコンじゃないな。また卒論サボって童話を書いてたのか」

「お昼までは、やってた。でも、急に、いい展開が書けそうな……」

卒論は難航していた。テーマは決まったものの、常に童話の世界と隣り合わせなので気が抜けない。少しでも集中力が途切れると、意識が童話に塗り替えられてしまう。先日も姿が見えないと思ったら、マンションの屋上に座卓を運び、そこでしこしこと鉛筆を走らせていた。程よい環境音と見晴らしのよさのおかげで、どこよりも創作が捗るのだそうだ。

ただ、例のリスの物語だけは筆が進まないようだった。童話が片づけば卒論に専念するだろうと高を括っていたが、引っ越し前の好調はどこへやら、今はノートの前で溜め息ばかりついている。

「全然、まとまらない。きっと、お腹が空いてるせい……」

「また昼飯を抜いたな。体調を崩すぞ」

監視の不在をいいことに、昼食まで抜いて童話の世界に潜り込む。その熱意は見上げたものだが、身体を壊してしまっては元も子もない。そうやって自分を限界まで追い込んでいく世理の生き方は、あまりにも潔癖で、危なっかしく、独りよがりで、とても見ていられなかった。

早めの夕飯に取りかかろうとしたところ、玄関の呼び鈴が鳴った。宅配便の配達だ。届いた荷物は大きめのダンボール箱で、引っ越しで運んだどの荷物より重かった。中身が気になって、送り状を確認する。たちまち頭痛を催し、顔をしかめずにはいられなかった。

リビングに戻ると、世理は執筆に疲れたらしく、床で大の字に寝転んでいた。そのくせ国生がダンボールを足元に下ろすと、起き上がっていそいそと近寄って来る。

「稲葉……、もしかして」

差出人の名前を見た彼女が、目で返事を促す。

「ああ、実家だ」

「お母さん、一人暮らし、なんだっけ？」

おざなりに頷いてみせて、そのまま自室に引っ込んだ。取り出した携帯電話が滑り落ちそうになり、慌てて握り直す。気がつくと手だけでなく、全身にじっとりと嫌な汗が浮いていた。

予知でもしていたのか、電話の相手は呼び出し音が鳴るよりも早く電話口に出た。

「国ちゃんでしょ。そろそろかかってくると思ってた。荷物届いた？」

神経を逆撫でする、暢気な母の声。実家から遠く離れているというのに、何もかも見透かされているようで気味が悪い。

「どういうつもりだ。何を送りつけた」

息子の苛立ちなどお構いなしに、母は高揚した調子で、

「何って、お祝いに決まってるでしょ。就職の内定祝いと、引っ越し祝い。まだ九月なのに、会社の近くへ引っ越すなんて早過ぎると思ったけど、卒業を待っていたら年度末が慌ただしいもんね。さすが国ちゃん、段取りがいいところなんて母さんにそっくり。そうそう、国ちゃんの好きなあれ、いっぱい入れておいたから。お祝いだから奮発しちゃった」

と、一気に捲し立てた。新居を借りる際、保証人を頼むために適当な作り話を拵《こしら》えたのだが、わざわざお祝いを送ってよこすとは思わなかった。母を巻き込んだ以上、多少の面倒は覚悟していた。それだけに、この程度の煩わしさで済んでくれるなら、むしろ喜ばなければならない。

「ずいぶん上機嫌だな。こんな時間から酔ってるのか」

「そんな怖い声出さないで。今日は仕事を休んだから、ちょっと早めに始めてるだけ」

冷たくされると、急に甘い声を出して擦り寄って来る。聞き慣れているとはいえ、この猫撫で声はいつ聞いても耐え難い。

「とにかく物を送るな。ゴミが増えるだけだ。あと、間違っても新居見物なんて考えるなよ」

「はいはい。そこにいる彼女と鉢合わせたら大変だもんね」

「そんなのいるわけないだろ！」

「照れなくてもいいじゃない。学生でお金もないのに2LDKなんて、どう考えたって変でしょ。まあ国ちゃんも大人なんだし、彼女を大事にするのよ。疲れていても面倒がらずに、毎日話を聞いてあげなさい」

「うるさいな。毎日なんて聞いていられ……」

慌てて口を閉じたが、後の祭りだ。己の迂闊さを呪わずにはいられない。

「孫ができたらすぐに連れて来なさい。何ならお産から面倒見てもいいわよ。母さん、一人暮らしでしょ？　毎日そのくらい賑やかならありがたいんだけど」

ぞっとして思わず電話を遠ざけた。彼女という言葉が誰を指しているのか。そして母は、その彼女に何を期待しているのか。想像するだけでも身の毛がよだつ。そもそも実家から遠く離れた大学を選んだのは、粗野で自分勝手で下品な母と距離を置くためだ。今さら母の元に舞い戻るなんて、絶対にありえない。

「そうそう、ついでに言っとくけど、母さんしばらく連絡が取れなくなるから。用があるなら早めに言っといて」

「用なんてない。切るぞ」

「ちょっと待ちなさい。手術することになったの」

「手術？」

「そう。明後日から入院して、一週間くらいは帰れないと思う」

母の口調に陰りを感じて、電話を持つ手に力がこもった。

「――あいつは知ってるのか？」

「あいつなんて言わないの。お父さんには一応伝えたけど、案の定戻って来ないみたい。まあ戻って来たところで、出る幕なんてないけどね」

胸中がどんよりと塞がれていく。心の奥底で、遠雷が轟いたような気がした。

「確かにいたって役に立たないな。それより何の病気だ？　ちゃんと治るのか？　術後はどうなる？」

「ちょっと、一度に質問しないで。治すためにわざわざ手術するんだから、心配しなくていいわよ。でもね、国ちゃんの大好きなおっぱい取っちゃうの。ごめんね」

電話の向こうで、グラスの氷が切なく鳴った。母はいつものグラスで、いつものように焼酎の水割りを飲んでいる。そうして夜が更ければ、いつものように布団でミステリー小説を開いて、いつものように読書灯をつけたまま寝てしまうのだろう。すべてはただの日常。自らの病さえあっけらかんと語る母の、図太さと逞しさは今もなお健在だ。

電話を切った後も、胸中には重苦しい雲がかかったままだった。さらりと言っていたが、一部とはいえ身体を切除するとなると、とても軽い病とは思えない。

母はいつだって、精力的で無遠慮で暑苦しい、真夏の太陽のような存在だ。母を知る誰もが、母の前では病気のほうが逃げていくと思っているだろう。それだけに、今の状況に最も驚いているのは、誰よりも太陽らしさを実感している本人なのかもしれない。その証拠に、母はあの父に自ら連絡をした。普段なら絶対にありえないことだ。

父の玲司は、もともと保険会社に勤めていた。その会社の契約社員として、同じ営業所で働いていたのが母だ。父は母より四つ歳下で、母子家庭であることを承知で母と親しくなり、一年ほどの交際を経て婿養子として迎えられた。

国生が中学生になった年、玲司は単身赴任で隣の県に移り住んだ。最初のうちは週末になると疲れた顔をして帰って来ていたが、そのうちぽつぽつと帰らない週が目立つようになり、赴任から半年ほど経った頃にはまったく姿を見せなくなった。その後、単身赴任は三年で任期を終えたが、玲司はそれを期に会社を辞めてしまった。赴任先に残って、事業を興すつもりだと言う。

その頃母は、よく電話で父と怒鳴り合っていた。高校生になったばかりの国生でさえ、夫婦の末期的な空気をありありと感じていた。しかし両親は離婚しなかった。玲司は今でも離婚を望んでいるだろうし、彼の傍にいるであろう女も、玲司が未だに自由にならないことを苦々しく思っているだろう。

母は独りになっても同じ借家に住み続けているが、その周辺は本来、母にとって馴染みのない地域だ。母の実家は車で二十分ほど行ったところにあるが、敢えて距離を置いていることは幼い頃から気づいていた。

縁もゆかりもない土地にいきなり飛び込んだ母だったが、まめに近所づき合いを続け、地域の行事にたびたび顔を出すうち、近所の人たちとすっかり打ち解けてしまった。おかげで小さい頃は近所の大人に可愛がってもらったし、町内のおばさん連中がお裾分けなどを持って来ては、母と賑やかに談笑していたのをよく覚えている。

だが、いいことばかりではなかった。普段は笑顔を絶やさない母だが、ひとたび頭に血が上ると手がつけられない。ときには町内会の方針を巡って、定例会の場で町内会長を激しく痛罵したりもした。醜態はそれだけではなく、町内の運動会や避難訓練、新年会などでも怒声を張り上げたり、打ち上げでは誰よりもビールを飲んで騒いだりと、過去の迷惑行為を上げれば枚挙に遑《いとま》がない。

玲司が離れていったのも、そういった母の本性に気づいたからなのかもしれない。しかし母は、別居、情婦の影など、汚れた靴で踏みつけられるような仕打ちを受けながらも、未だに父の首根っこを掴んで離さない。とっとと離婚したほうが幸せになれそうなものだが、母の思考回路はいつだって情緒優先で謎だらけだ。

国生にとっての父は、もはやただの記号でしかなかった。玲司は名ばかりの父で、実父は国生が生まれる前に交通事故でこの世を去っている。そのような環境で育った彼は、心の安息を祖父母に求めた。母の実家には、祖父が経営していた電気工事会社の事務所や、工事の機材、それらを収納している倉庫、そして広々とした本格的な畑まであった。広い庭や薄暗い倉庫を、時間を忘れて探検していたのはいい思い出だ。

母と玲司は仕事で家を空けることが多かったので、両親の帰宅が遅い夜は祖父母の家で過ごした。祖父母はいつも優しく、叱られた覚えは一度もない。おやつは食べ放題で、いつも嬉しそうに話を聞いてくれて、夕飯は母の料理の何倍も美味しかった。

いつも朗らかで穏健だった祖父母だが、不思議なことに母が迎えに来たときだけは張り詰めた顔をしていた。母は呼び鈴を押すと玄関で待っており、祖母が居間で国生を送り出す。祖父母が玄関まで見送りに来たことは、ただの一度もなかった。

なぜ母と祖父母は、それほどまでに顔を合わせたがらないのか。その理由は至って単純で、必ず喧嘩になってしまうからだ。幼い頃、一度だけ母と祖父の口論を見たことがある。

その日、母は急な休日出勤で出かけなければならず、国生を預かってもらうために渋々実家を訪れた。そこで運悪く、家庭菜園の手入れを終えた祖父と出くわしてしまったのだ。普段は穏やかな祖父も、そのときだけは強張った顔をして母を睨みつけていた。

「――なんだその頭。床屋くらい連れて行け」

祖父が呟いた途端、母の目つきが変わった。どうやら祖父は、国生の伸びた髪が気になったらしい。

「いいの、これで。最近はこれくらい当たり前なんだから」

「この見苦しい髪が？　それに国生はずっと痩せてるが、飯は食わせてるのか？」

「食べさせてるに決まってるでしょ」

祖父は苦々しく頬を歪めて、母に背を向けた。まともに取り合う気はないようだ。

「どうせ床屋にも行けないような暮らしだろ。月にいくら貰ってる？」

「余計なお世話。ちゃんと生活してるんだから、口出ししないで」

玄関に入ろうとした祖父の足が止まった。振り向いた顔には、ありありと苛立ちが滲んでいる。

「お前は俺の子だろうが。収入くらい答えろ」

母の耳たぶが真っ赤に染まった。こうなるともう、すぐには収拾がつかない。

「答えるわけないでしょ！　いつまでも子供扱いしないで。親子でも世帯は別だし、親しき中にも礼儀ありって言葉知らないの？」

「何が礼儀だ。お前こそ、意地ばかり張って親の気持ちをわかろうともしない」

「私だって親よ！　あんたこそ、いい加減に子離れして！　私にだって自分の考えがあるんだから！」

母と実家の確執は、表立って衝突していた祖父がこの世を去った後もくすぶっている。その証拠に、母は未だに祖父母の話をほとんどしないし、実家の近所を通ることさえ嫌う。

寡黙で働き者の祖父が亡くなったのは、国生が中学二年になった年の夏だった。母の実家で営まれた葬儀に参列した国生は、一番前の席に座って、優しく微笑む祖父の遺影をずっと眺めていた。呆然と過ごした葬儀が終わり、夜になって布団に横たわると、途端に涙が溢れた。もう祖父には会えない。とめどなく込み上げる嗚咽に、混乱せずにはいられなかった。

色黒で筋肉質で、いつも静かに見守ってくれていた祖父の幸彦《ゆきひこ》。母とは険悪だったが、国生にとっては唯一、父らしさを感じさせてくれる人だった。それだけに幸彦の死は、単に祖父が亡くなったという悲しさだけでは済まなかった。国生はこの日、祖父と父を同時に失ったとも言える。

やがて自分のことが忙しくなり、国生は母の実家から遠退いてしまった。祖母は祖父に先立たれたショックから立ち直ることができず、みるみる色褪せていった。学校帰りに珍しく立ち寄ってみると、ひどくやつれた祖母は、薄暗い部屋にぽつねんと座り込んでいた。髪や服装はみすぼらしく、部屋の灯りもつけずにレトルトの総菜を容器のままつまんでいる。これまでの、まめで上品だった祖母とは思えない荒み様だった。

家政婦がいるほど裕福な家で生まれ育った祖母は、駆け落ち同然で祖父と結婚した後、かなり苦労をしたらしい。それでも立ち居振る舞いにくたびれた雰囲気はなく、いくつになっても育ちのよさが滲み出ていた。そんな祖母の痛ましい凋落。とても受け入れられる光景ではなかった。

祖母は今も、あの広い家に独居している。ただ最近は物忘れがひどく、それも難しくなってきているらしい。日中はデイサービスを利用して介護施設で過ごし、夜は自宅で寝るだけのようだ。母は相変わらず祖母と仲が悪く、祖母が生活能力を失いつつある現在も、同居の話は出ていない。そのくらい母は実家のことを嫌っているし、仕方なく実家に出向く際は、刺々しい態度と仏頂面を欠かさない。

リビングに戻ると、世理がダンボール箱の前に齧りついていた。

「ねえ、開けないの?」

「勝手にしろ」

世理は待ってましたとばかりにダンボールを開けると、身を乗り出して中身を物色し始めた。

「この包み紙……。ねえ、これ、開けていい?」

ダンボールの中から薄い化粧箱を取り出した世理が、期待に目を輝かせている。投げやりに頷くと、箱の蓋を開けた彼女は少女のような歓声を上げた。

「やっぱり! 今日、こういうの、食べたかった」

世理のにやけ顔が鼻先に迫る。化粧箱の中には、色とりどりの菓子が六種類ほど入っていた。いわゆる銘菓の詰め合わせだ。

「これ、実家にいる頃、たまに食べてた。ここで見ると、ちょっと不思議」

彼女はしばし指先を迷わせてから、箱の中でひときわ輝いている黄金色の小箱を取り出した。古い記憶が蘇り、どきりとして息を呑む。世理と初めて会った日も、同じように小学校時代の同級生を思い出した。

「子供の頃、よく母親にねだったよ。普通の菓子より高いから、たまにしか買ってもらえなかったけど」

黄金色の小箱をつまみ上げて、太い毛筆体で書かれた「楽太鼓」という文字を遠い目で眺める。甘くて滑らかで、時に涙の味がする菓子――。

「楽太鼓をねだる少年……。子供なら普通、チョコとか、スナックとか、アイスじゃない？」

「別にいいだろ。好きなんだから」

「ふうん。じゃあ、お母さんのことも？」

意外な問いに目を丸くすると、世理は少しだけ意地悪な笑みを返した。

「そんなわけないだろ！　母親から離れたくて、わざわざ遠い大学を選んだってのに」

「でも、お母さんは、あなたのこと、大好きみたい。そして、あなたも……」

「はあ？　なぜそう思う？」

我知らず声を荒げていた。しかし世理はうろたえもせず、国生の目をじっと見据えている。

「さっきの電話の声、あんまり大きいから、ここまで聞こえてた。あれ、お母さんでしょ？すごく、仲よさそう」

全身の毛穴から、嫌な汗が一気に噴き出すのがわかった。まさか母との会話が、そういう風に聞こえていたとは。あの会話のどこに仲がいい要素があったと言うのか。何かの聞き間違いか、あるいは彼女の勝手な思い込みだろう。これ以上こんな与太話になど、つき合っていられない。

国生は楽太鼓の小箱を無造作に摑んで、黄金色の包装を乱暴に剝ぎ取った。

「仲がよければ、これだってすぐに買ってもらえただろうな。うちではなかなか買ってもらえないから、結局婆ちゃんにせがんでたんだ。そうしたら次の日、こいつが茶菓子入れにたくさん入ってる。あれは嬉しかった」

世理も小箱を開けて、楽太鼓の包装を半分だけ剝いた。そうして国生が先に頰張るのを見届けてから、自分も三分の一ほど齧った。

「お婆ちゃんは、どんな人？」

「何だよ。母親の次は婆ちゃんか？」

世理の目が輝きを増している。砂浜で思いがけず綺麗な貝殻を見つけると、きっとこんな表情になるだろう。

「お婆ちゃんを、書きたい。登場させれば、上手くいくかも」

世理は幼い頃に祖母を亡くしたため、祖母の思い出がほとんどないらしい。国生は丹念に記憶を辿り、祖母との思い出を語って聞かせた。さらには祖母に寄り添っていた祖父、そして若かりし日の母の姿も――。あらかた話し終えると、部屋はすっかり暗くなっていた。

「どうしたの？　辛い？」

心配そうな声が聞こえて、ようやく我に返った。ぼんやりとした視界の中に、世理の戸惑った顔が浮かんでいる。

瞬きをすると、熱いものが頬を伝った。それが涙だと気づいた瞬間、居ても立ってもいられなくなり、足が勝手に玄関へ向かった。本当は部屋にこもってしまいたかったが、とてもそんな勇気はなかった。このまま静寂に浸ってしまえば、間違いなく今の気分に押し潰されてしまう。

外に出て、当てもなく夕暮れの住宅街を歩く。熱気の名残が地面から立ち上り、トラックが巻き上げた埃と混ざってむせ返るようだ。足は賑やかな駅とは反対の、畑が残る長閑なほうへと向いていく。

どれくらい歩いただろう。赤く火照っていた空はすっかり冷めて、今は深い群青になっている。まばらに現れ始めた星々が、熱気に歪められてゆらゆらと瞬き、それは母が気に入っていたピアスの輝きによく似ていた。あまり装飾を好まない母にしては珍しく、国生と外出する際には必ず身に着けていた宝石入りのピアス。今思えばあれは、息子のために用意した精一杯の母親らしさだったのかもしれない。

「いた」

声がしたほうへ目を遣ると、そこには水色のワンピースを着た少女が立っていた。思わず彼女の名前を呼びそうになり、慌てて口を閉じる。目の前に現れたのは、ワンピースでも少女でもない。覚束ないサンダル履きで駆けて来る、部屋着の世理だ。近所を駆けずり回ったらしく、肩で大きく息をしている。

「ごめん。もう、訊かないから」

世理の熱い手が、半ば強引に国生の手を取った。不思議と抵抗する気は起きない。国生の手を引いて、世理が先を歩く。いつもと変わらない淡々とした様子だが、時折何か言いたげに振り向いては言葉を呑み込んでいる。

その落ち着かない素振りを見る度に、胸がちくりと痛んだ。彼女を心配させた上、見当違いの罪悪感まで背負わせてしまっている。だが、彼女に非がないことを伝えようとすればするほど、秘密を暴かれるような気恥ずかしさが言葉を押し込めていく。この状況、この心境を上手く説明するには、一体どうすれば——？

湿っぽい足音ばかりが住宅街の夜陰に染みていく。そんな永遠とも思える沈黙を破ったのは、世理のほうだった。

三

「童話の結末、考えた。聞いてくれる？」

怯えが透き見える、控えめな声。勝手に家を飛び出し、迎えに来てもらった挙句、些細な頼みさえ突っぱねる。それほど身勝手な男に見えていると思うと、自分の頬を思い切り張り飛ばしたくなった。

「ああ、もちろん。あの……、急に出て行って悪かった」

一瞬だけ目が合う。世理は伏目になって、少し照れ臭そうに頷いた。

「さっきまで、童話の結末はこうだった。どんぐりの中の芋虫は成長して、とうとう成虫、醜い蛾になる。友情を育んできたリスの子に、そんな姿を知られたくない。でもリスの子は、どんぐりを肌身離さず持ち歩くから、外へ抜け出す機会がない」

そこまで話した彼女は、心配そうに顔を覗き込んできた。国生の反応が気になって仕方ないようだ。

「どうせ外へ出ても、自分は冬を越せない。芋虫は、リスの子に嫌われたくなくて、どんぐりの中で飢え死にしてしまう。おしまい」

「ずいぶん切ない話だな。子供には悲しすぎないか？」

世理は目を軽く見開くと、先ほどとは打って変わって、何かに期待するようなきらきらとした目になった。

「やっぱり？　だから、迷ってた。それじゃ、変更後の話」

彼女は単語を一つ一つ吟味しながら、ゆっくりと結末を語っていく。

「リスの子には、お父さん、お母さん、そしてお婆ちゃんがいて、子リスを一番構ってくれるのは、お婆ちゃんだった。芋虫はやっぱり蛾になって、どんぐりの中で力尽きる。子リスはお婆ちゃんなら信じてくれると思って、今までどんぐりと会話をしていたこと、とても仲がよかったこと、でも突然返事をしてくれなくなったことを、泣きながら相談する」

物語を聞きながら、国生は祖母との懐かしいやり取りを思い出していた。世理には話していない、彼がまだ十歳にも満たない頃の出来事だ。

その日国生は、祖母に実父のことを訊ねた。母を問い詰めても、いつもおざなりな答えしか返って来ないからだ。父は一体どんな見た目で、どんな性格で、どんな仕事をしている人だったのか。そしてなぜ、墓参りに行ってはいけないのか。

「お婆ちゃんはすべてを悟って、それは魔法が解けたからだと答える。どんぐりに言葉を与えた魔法は、弱虫で、わがままで、意気地なしの子リスのために、神様がかけてくれたもの。でも子リスは、どんぐりと励まし合って生活するうち、自分でいろんなことができるようになった。だから魔法が解けて、ただのどんぐりに戻ってしまった」

父の墓は、遠い遠い父の故郷にあるらしい。一度でいいから行ってみたいとせがむと、母は決まって腫れ物に触れられたような顔をした。そして、父の家族とは縁を切ったから墓参りには行けない、と頭ごなしに言い聞かせる。

だから国生は、いつも親身に接してくれる祖母に訊ねた。すると祖母は、まず母と同じようにひどく険しい顔をした。まさか父は、誰からも相手にされない嫌われ者？　そして自分は、そんな嫌われ者の子――。絶望しかけたそのとき、くすくすと笑い声が聞こえてきた。国生がぽかんとしていると、祖母は目の前に屈んで穏やかに話し始めた。

「お父さんの実家は、可愛い国生を貰いたがってるみたい。でもお母さんは、それを断った。だから今も国生を取られないように、遠く離れたここで暮らしてるの。お墓参りに行くと、お父さんの実家に貰われてしまうかもしれないよ。お母さんと暮らすのと、貰われていくの、どっちがいい？」

国生は怖くなって、その日から父のことを訊こうとは思わなくなった。今となればそれは優しい嘘だったとわかるが、だからといって父のことを蒸し返そうとは思わない。父は自分が生まれる前に死んだ。その事実を受け入れることで皆が平穏に過ごせるなら、それ以上知る必要はない。

「その後、お婆ちゃんはこう慰める。神様の魔法が宿っていたこのどんぐりは、幸福を呼ぶ力に満ちている。だから庭に埋めて、神様の木として育てよう。そうすれば何年後か、育った木にどんぐりが生って、また彼に会うことができる、と。子リスとお婆ちゃんリスは二人で、喋らなくなったどんぐりを庭に埋める。そんな結末」

祖母の話をしてから一時間も経たないうちに、まったく後味の違う結末が出来上がっている。世理にとっては当たり前のことかもしれないが、その器用さと才能には驚かされるばかりだ。

「なるほど。庭に埋めるというのは、芋虫の埋葬も兼ねているのか。上手くまとめたな」

褒めたつもりだったが、世理は何とも言えない表情をしている。

「ああ、それは……、考えてなかった」

互いの口から、同時に苦笑が漏れた。彼女のおかげで、雨模様だった胸中に光が射したような気がする。世理は誰にも心を開かない。猿田のこの言葉が、ますます信じられなくなっていく。

自宅にほど近い丁字路が目に入って、世理の手をぐっと引き止めた。きょとんとしている彼女の手を引いて、分かれ道を右へ曲がる。

「うちは左。こんな近所で、迷子？」

彼女の手を強く握り、真っ向からその澄んだ瞳を見詰めた。

「あと少しだけ、一緒に歩いてほしい」

世理はこくりと頷くと、何も言わずについて来た。彼女の手を引いて、夜に沈んだ住宅街を真っ白になって歩く。自然と口から、母の病の話がこぼれた。視界がまた、ゆらゆらと滲んでいく。目を開けていられなくなって立ち止まると、世理も静かに足を止めて、俯いたまま黙り込む国生に寄り添った。

おそらく母の病は重い。鬱陶しくて、下品で、がさつな母から逃げて来たにもかかわらず、いざとなるとやるせなくて涙を流している。我ながら、あまりの滑稽さに呆れずにはいられなかった。

どうにか話し終えると、胸を重くしていた暗雲がすっかり吹き飛んでいた。その気配を感じたのか、ずっと神妙だった世理の顔つきも心なしか穏やかになっている。

「おかげで気持ちの整理ができた」

世理は少し俯いて、大きくかぶりを振った。

「ううん。私も、童話の新しい結末、聞いてほしかったし」

どうやら彼女は、自分だけの世界に浸って黙々と書くことが好き、というわけではないようだ。外界を拒絶しているように見えても、本当は誰かと気持ちや価値を共有したり、意見を交わし合ったりしたいと思っている。

物事や感情を、誰かと共有できる喜び。食堂で童話のあらすじを披露した彼女の、ひどくはにかんだ顔が浮かんだ。今ならあの表情の意味がわかる。あのときの彼女は、不安を吐露して落ち着いた今の国生と同じ、共有の喜びを感じていたに違いない。

彼女は今まで、この喜びに長い長い片想いをしてきたのではないだろうか。とすると、会ったばかりの男と同居してまで手に入れたかったものとは、童話を書く時間と、金銭的負担の少ない生活と、そしてもう一つ。それは何の変哲もない、ありきたりで無邪気な友情だったのかもしれない。

すっかり気が晴れたからか、空っぽの腹が情けない悲鳴を上げた。そういえば、日が暮れてからずいぶん時間が経っている。

「これ、食べる？」

ショートパンツのポケットを探った世理は、そこから黄金色の小箱を取り出した。

「それはお前が食べろ。昼飯、食べてないんだろう」

すると彼女は、その言葉を待ち構えていたかように、さっきとは逆のポケットから二個目の小箱を取り出した。たちまち胸が跳ね上がる。

うろたえる国生に小箱を押しつけた世理は、もう一つの箱を開けて中身を半分ほど齧った。

「んー、美味しい」

「お前……、本田じゃないよな？」

思わず口走っていた。世理は小首を傾げてぽかんとしている。

「ほんだ？」

「いや、何でも……」

慌てて涼しい顔を作り、楽太鼓を思い切り頬張った。この美味しさに、故郷という隠し味が加わっていることはわかっている。だが、それでいい。この欲目を共有できる相手が、すぐ隣を歩いている。これほど心強いことはない。

世理の様子を盗み見ると、彼女もまた故郷の味に心を奪われているようだった。その幸せそうな顔を見ていると、もうすぐ夏も終わるというのに、春風が吹くあのアパートにいるような気持ちになってくる。

あの日に舞い戻っている国生の隣で、少女のような笑みを浮かべる世理。彼女は懐かしい甘味の中に、どのような故郷を見ているのだろう。


気を抜いたのはほんの一瞬だったが、もうだめだった。帰宅した国生は、ワイシャツを脱ぐ気力もなくベッドに倒れ込んだ。そのままの格好で、もう三十分も起き上がれずにいる。

入社してまだ二週間足らず。研修中ということもあり、特に勤務が苛酷というわけではない。

　国生はひどく擦り減っていた。ひとたび社会に出てみると、常識や考え方が学生時代とはまるで違う。それらを修正しながら身の振り方を考えるだけでも、頭がパンクしてしまいそうだった。

　ベッドに寝転んで放心していると、馴染み深い面々の顔が浮かんできた。壮亮や純也も、同じような壁にぶち当たっているのだろうか。学業も就職活動もそつなくこなした壮亮が、皆の羨望を集めながら有名企業に入社したことは言うまでもない。そして、あの純也が七転八倒しながらも、何とか卒業し、無事に就職できたのはなかなかの珍事だった。

　そしてもう一人、卒業が危ぶまれていた人物がいた。同居している世理だ。国生はぼんやりと天井を見上げながら、帰宅時にリビングが明るかったことを思い出した。今日はカジノバーの日ではない。彼女は出勤以外の外出をほとんどせず、自宅にこもって創作ノートとにらめっこばかりしている。今夜もリビングで、童話の創作に没頭しているようだ。

　リスとどんぐりの童話に新しい結末を見出した世理は、俄然卒業論文に取り組むようになった。納得いく結末に辿り着いて、ようやく吹っ切れたのだろう。あれほど難航していた論文を、年末が迫る前に書き上げてしまったのには驚いた。年が明けてからは、余暇を返上してカジノバーのアルバイトに精を出していた。卒業までに少しでも蓄えを作っておこうという姿勢は、彼女の律儀な性格をよく表している。

気がつくと、部屋の時計は午後九時二十分を過ぎていた。そろそろ風呂と夕食を済ませなければ、あっという間に日付が変わってしまう。そうなればまたすぐに朝がやって来て、否応なく出社しなければならない。ただ、わかってはいても立ち上がる気力は一向に湧かず、心には焦燥ばかりが募っていた。

――身体が微かに揺れている気がする。小舟に乗せられて波間を漂っているような、目眩にも似た心許ない揺れ。取りあえず手に入れた小舟で船出してはみたものの、胸中は無力感で一杯だ。この先は曲がりくねった急流か、それとも轟々と飛沫を上げる滝壺か。

優秀で要領がいい壮亮は、学生と社会人のギャップをいとも簡単に乗り越えていくだろう。行動力のある純也は、そもそも壁など感じることなく、広い社会をのびのびと泳いでいるに違いない。世理は組織にこそ属していないが、計り知れない情熱を武器に、独自の道を歩み始めている。

出遅れの不安は容赦なく、心の小舟を揺らし続けた。いくら小舟の上で踏ん張っていても、ひとたび大きな波に遭ってバランスを崩せば、なす術もなく濁流へ落ちてしまう。所詮自分は櫂《かい》も舵も持たず、聞こえのいい自由という流れに乗せられ、人知れず世間をたゆたう存在でしかない。

携帯電話の唸り声が、どんよりとした意識に割り込んだ。着信を確認すると、発信元はリビングにいる世理だった。玄関から自室に直行したので、国生の帰宅に気づいていないようだ。それにしても、世理がメッセージをよこすとは珍しい。

文面を読んだ国生は、足音を響かせてリビングに駆け込んだ。そこには毛玉だらけのスウェットを着た世理が、振り向こうともせずテレビに齧りついていた。

「さっきのメッセージ、本当か？」

蒼白い顔を向けた世理は、テレビの画面を指差した。大地震を伝えるアナウンスが、耳の奥を冷たく貫く。画面には、支えを失って片側へ倒壊した木造住宅が映し出されていた。画面の左上には、見慣れた「M町」の文字。目を疑わずにはいられない。

「連絡は？」

世理に促されて携帯電話を確認したが、新たな着信はない。不吉な予感に口元が歪む。

「私の実家は、家具が倒れて、食器がたくさん割れた。でも、みんな無事。だから……」

世理は小さく唇を震わせながら呟いた。精一杯の気休めがあまりにも痛々しい。そうこうしているところへ、国生の携帯電話が鳴り響いた。慌てて手に取ったものの、たちまち全身の力が抜ける。この一大事に電話をかけてきたのは、M町に住む母ではない。卒業後、初めて連絡をよこした壮亮だ。

「久し振り、と言うほどでもないか。もし気づいていないならと思ってさ。ニュース見たか？」

国生は喉の震えを抑えながら、

「ああ。実家周辺を直撃したみたいだ」

と絞り出した。続けて壮亮は実家の安否を訊ねてきたが、その答えはむしろ国生のほうが知りたかった。

「いきなり電話して悪かった。何かできることがあったら、いつでも連絡してくれ。それじゃ」

壮亮はそれだけ言い残して電話を切った。国生の実家を覚えていて、被害の心配をしてくれたらしい。

居ても立ってもいられず、母の携帯電話を鳴らした。母の近くには、頼りになる縁者が一人もいない。せめて玲司がいれば――。そんなことを願う日が来るとは、何という皮肉だろう。

いつ終わるとも知れない呼び出し音が、真っ黒な濁流となって胸に流れ込む。一分、二分と時が経つにつれ、溺れるような胸苦しさが息を荒くした。呼び出し音が激しい動悸に押し退けられ、ひどく遠くに感じ始めた頃、ようやく電話は繋がった。

「国ちゃん？　ごめんね、待ったでしょ」

事もなげな母は、いつもの世間話と変わらない調子で続けた。

「ちょっと聞いて。さっきすごい地震があってね。物が全部落ちてきちゃって、もう滅茶苦茶。今からこれを片づけると思うと……」

「少し黙れ。怪我はないのか？」

「あら、心配してくれてたの。いい男になったじゃない。連絡くれたの、国ちゃんが最初よ。母さん失敗した。国ちゃんと結婚すればよかった」

「ふざけてる場合か！　部屋が散らかるくらいで済んだんだな？」

「そうでもないのよ。これまで地震なんてなかったでしょ。びっくりして思い切り柱にぶつかっちゃった。肩がすごく痛くて、これ絶対あざになるわ」

「それだけ元気なら大丈夫だろ。それより……」

咄嗟に言葉を呑み込んだ。独居している祖母のことが心配だが、あれほど嫌っているだけに訊いてもいいものか。

「ああ、ばばを心配してるんでしょ。安心しなさい、電話したらちゃんと生きてたから」

意外なことに、母はすでに祖母の安否を確認していたようだ。不仲ではあるが、最低限の絆は存在していたらしい。

電話を切ると、不安げな世理の顔が視界に割り込んできた。

「お母さん、大丈夫だった？」

「大丈夫も何も、心配して損した」

「大病された後だし、心配」

母は前年の九月に癌の摘出手術を受けた。幸いにも、術後の経過は順調そのものだった。一週間ほどで退院すると、次の週には普段の生活に戻り、保険の外交員の仕事も再開した。その後も数か月おきに通院はしているようだが、たまにかかってくる電話の様子は手術前と何ら変わらず、本当に大病を患ったのかと疑いたくなるほどだった。

地震の規模はかなり大きく、その地方の観測史上、最も激しい揺れだったらしい。国生は夜更けになっても、テレビに映し出される数々の惨状から目を離せずにいた。よく知っている景色ばかりだが、あまりに変わり果ててしまったせいか、まったく現実感がない。だが、そこに映っているのは確かに自分が生まれ育った町で、しかも紛れもない現実だ。今思えば、先ほど感じた身体の揺れは、故郷を襲った地震の裾野だったのかもしれない。故郷の遠さを、これほどもどかしく、心細く感じたのは初めてだった。

一夜明けても、被災地では余震が続いていた。自己紹介が最近だったせいか、同僚や上司が次々とお見舞いの言葉をかけてくれる。そのこと自体は嬉しかったが、午後になると日頃の疲れと寝不足がたたり、会釈を返すことさえ苦痛になってしまった。

幸い明日は土曜なので、今日さえ乗り切れば骨休めができる。明日は嫌というほど眠り続けよう。そして目が覚めたら、学生時代の友人たちとあの頃のような週末を楽しもう。仕事のことも、将来のことも、故郷のこともすべて忘れて——。

ところが土曜日の早朝、眠りは不意に破られた。ちょうど、海底に潜む深海魚になった夢を見ている最中だった。真っ暗な海底に沈着し、孤独という冷ややかな至福をひたすら貪り続ける。そこにあるはずのない足音と振動が割り込み、あっという間に現実へ引き上げられてしまった。

重い瞼をこじ開けて、釣り上げられた原因を探す。朧げな視界に映ったのは、世理の青ざめた顔だった。彼女はこれまで一度も、国生の部屋に入ったことがない。なりふり構わず押し入った現実が、たちまち気分を重くした。

「また地震。大きい……」

ベッドから飛び降り、足をもつれさせながらリビングに駆け込んだ。テレビでは、一昨日の夜を彷彿させる地震報道が流れている。次々に飛び込んで来る被害状況の一言一句が、甲高い金属音のように脳天に突き刺さった。画面右上に、「死者多数」という赤字のテロップが現れる。まだ覚め切っていない目に、その字面は容赦なく沁みた。

大地震が再び故郷を襲った。轟々と火柱を上げる家屋の様子や、地割れを起こした道路、瓦礫だらけの無残な住宅地など、一昨日にも増して凄惨な現場が映し出される。報道は、今回の地震が本震だと伝えた。あれほどの被害を出した一昨日の地震は、単なる前震だという。到底、受け入れられる現実ではなかった。

まだ午前六時だったが、構わず携帯電話を手に取った。発信先はもちろん母だ。しかし何度かけても話中音が繰り返されるばかりで、呼び出し音を鳴らすことすら叶わない。気がつくと世理が、傍らで静かに膝を抱えていた。国生と同じく携帯電話を握り締め、祈るような目で一点を見詰めている。

「そっちは繋がったか?」

世理はうなだれたまま、力なくかぶりを振った。この状況で連絡を待つのはあまりに焦れったいが、こちらからかけても繋がらないのでどうしようもない。連絡を乞うメッセージを送り、弱火で炙られるような時間をひたすら耐え続ける。

午前七時を過ぎた頃、世理の携帯電話が鳴った。話すほどに、張り詰めていた声が和らいでいく。無事を知らせる内容で間違いないだろう。それに引き替え、国生の電話は深い眠りに落ちたままだ。その姿が目に入る度に、鷲摑みにして揺り起こしてやりたくなる。

電話を終えた世理は、国生と目が合うと気まずそうな伏し目になった。

「私だけ……、ごめん」

「気にするな。それより実家は？」

「うん、K市も、かなり揺れた。でも家が、倒れるほどじゃ、なかったみたい。地震の範囲は広い。けど、大きい被害は、一部だけ。だからきっと……」

国生の実家も大丈夫、と言いたいらしい。根拠に乏しく頼りない慰めだったが、悲惨な報道ばかりで滅入っていただけに、すがる気休めがあるだけでもありがたかった。

国生の携帯電話が鳴ったのは、それから一時間ほど経った午前八時頃だった。待望の着信だったが、電話に飛びついた手が止まる。画面に表示されている発信元が、母ではなかったからだ。

「朝早くに悪いな。実家は無事か？」

壮亮の早口が、今朝に限ってはひどく癇に障る。

「返事がないということは、連絡がつかないんだな。一昨日より大きいらしいし、現地は電話どころじゃないんだろうな」

「――ああ。無事が確認できたら連絡する」

それ以上、言葉が出なかった。壮亮の気遣いはわかる。だが今はとても話をする気になれない。そんな気重をよそに、壮亮は電話を切るタイミングを与えず続けた。

「母親は一人暮らしで、近くに頼れる親戚もいないいんだろう？　お前、じっとしてていいのか。昨夜の地震が起きて七時間。未だに連絡がつかないとなると、何かトラブルが起きているのかも」

　痺れた足をつつくような指摘。我慢の限界だった。

「俺にどうしろと……？」

　苛立ちを目一杯表したつもりだったが、壮亮は空気を察するどころか、何も聞こえなかったかのように平然と続けた。

「俺の卒業祝いが車だったって話、覚えてるか？　乗りやすくて燃費のいいやつを探していたら、親父が急にしゃしゃり出て来てさ。でかいほうが頑丈で安心だって、無理矢理ごつい四輪駆動車を押しつけられたんだ。運転は疲れるし、駐車は面倒くさいしで散々だけど、買ってもらった手前、文句は言えなくてさ」

　唖然とするしかなかった。誰よりも聡明で機知に富む壮亮が、これほどの見当違いを口走るとは。

「自慢話ならよそでやれ。俺は忙しい、切るぞ」

「待てよ。慣らしは一応済んだんだけど、エンジンの調子がいまいちでさ。まだ回し足りないんだと思う。だから国生、これから俺の車のエンジンを回して来てくれないか」

「いい加減にしろ！　この状況で、ちんたらドライブしろと？　仕事が忙し過ぎて、頭がおかしくなったのか？」

壮亮が電話の向こうで馬鹿笑いしている。相手が壮亮でなければ、口汚く罵倒していると ころだ。

「確かに毎日こき使われてるから、狂ったのかもな。それなら狂いついでだ。これから、頑丈なだけが取り柄の四駆に乗ってお前ん家に行くからさ、ドライブがてら実家の様子を見て来いよ」

壮亮の提案は、疲弊し切った頭にはあまりに突飛すぎた。頭の中で何度も反芻してみるが、なかなかその意図が摑めない。

「飛行機と新幹線は止まってるみたいだし、そもそも辿り着けたとしても宿なし、飯なしじゃ、救助や復興の邪魔になるだけだからな。車なら、自分の食事くらい楽に持ち込めるし、いざとなれば車中泊もできる。迷惑にならないところまで車で近づいて、そこから徒歩で被災地に入れば問題ないだろう。それに何より、被災したのはお前の故郷だ。お前以上に入るべき人間が、他にいるか？」

実家の懐かしい風景が胸を一杯にした。やがてそれらの景色は、どの記憶の中にも見られる朗らかな笑顔に収束していく。いつだって底抜けに明るい、母の笑顔——。

三

「ねえ、意識、ある？」

身じろぎ一つしない国生の肩を、世理が心配そうに揺すった。

「壮亮の車で、実家の様子を見て来いってさ」

「えっ、行く！　私も連れてって！」

世理はそう言うなり、睡眠不足と心労で虚ろだった目を輝かせた。

「モンローちゃんの声か。いいじゃん、一緒に行けば。モンローちゃんも実家が心配だろうし、国生も一人だと寂しいだろ」

ここからだと高速道路をひた走って、実家まで約十五時間。確かにこの不安を抱いたままの長旅となると、一人では心身が保たないだろう。ただ、懸念はそれだけではなかった。

すぐに出発したとしても、現地に着くのは日付が変わる頃。つまり土曜日の深夜から日曜日の早朝にかけてだ。月曜日の出勤を考えると、移動以外に使える時間は約十二時間。そこから休憩や仮眠、食事などの時間を差し引かなければならないので、ほぼとんぼ返りと言っていい。これではあまりにも余裕がなさ過ぎる。

「ただな、週明けの出勤が……」

「え？　お母さんが、大変かも、しれないのに？」

壮亮に返事をしたつもりだったが、真っ先に反論してきたのは世理だった。

「うるさいな、大事な時期なんだよ。会社での立場が、未来がかかってるんだ。欠勤が許される理由なんて、最悪の事態くらいしか……」

世理は天を仰いで、小さく溜め息をついた。だが、脱力している様子とは裏腹に、全身からはディーラー服を着たときのような気迫が漂っている。

「だって、お母さんのこと好きでしょ？」

予想外の言葉に、眉根を寄せずにはいられない。

「俺がいつ、そんなことを言った」

世理は厳しい顔をして、苛立ちを露わにした国生に食い入っている。その反応はまるで、国生の威圧に対抗するというより、逃げようとする相手を縛りつけようとしているかのようだ。

「言葉じゃない。態度からも、行動からも、たった今こぼした言い訳からだって、お母さんへの好きが滲み出てる」

想像を遥かに超えた指摘に、開いた口が塞がらなかった。自分という人間は、世理の目にどのように映っているのだろうか。

「これまでもお母さんに対して、変に大人ぶったり、わざと拗ねてみせたり。でも本当に嫌いなら、迷わず電話をかける？　気安く憎まれ口を叩く？　今だってそんな青ざめた顔をする？　本当はお母さんのこと大好き。そしてお母さんもそうだって知っているから、今もその深い愛に……」

急に言葉を切った世理は、あれほど真っ直ぐだった視線をふっと逸らした。微かに震える彼女の口元には、複雑に絡みついた躊躇《ためら》いが見て取れる。やがて彼女は、非難とも後悔ともつかない表情をして苦々しく呟いた。

「どんなに背を向けても追って来てくれる、お母さんの深い愛情に、ずっと甘えてる」

黙って反論を待っているようだが、返す言葉などなかった。図星を指されたからではない。それよりもずっと手前、そもそも自分のことを言われているという実感がないのだ。

「――もういい。ちょっと待ってて」

呆然としている国生を見兼ねたのか、世理は勢いよく立ち上がった。そのままずかずかと部屋の隅まで行って、どこかへ電話をかけている。三分ほどで通話を終えた彼女は、再び国生に厳しい目を向けた。

「猿田さんと、話がついた。医師の診断書、書いてもらえる。欠勤の日数に見合う病名を、用意してくれるって」

世理が言うには、猿田のような世界で生きていると、仕事中に怪我をすることも珍しくないらしい。稀に大怪我をすることもあり、その際は当然病院の世話になる。ただ、刃物によぬと刺創、さらには銃創を負っていると、病院が警察に通報してしまうので何かと厄介だ。だから普通の病院へは行けない。

そういった災難に備えて猿田たちは、無駄な詮索を一切しない、業界御用達の医師と繋がりを持っている。世理は、その医師に偽の診断書を書いてもらえないかと、猿田に相談したという。

「有名な病院の医者だから、絶対バレないって。綺麗事は聞きたくない。乗るか、乗らないかだけ答えて」

きつく胸を突かれたような気がして、ぐっと息を呑んだ。

「そんな医者、一体いくらかかるんだよ。金なんかないぞ」

「心配ない。猿田さんが、貸してくれるって。一年だけ」

「どうせとんでもない金額なんだろう。それで、期限を守らないとどうなる？」

世理の表情が少し曇った。明らかに言い淀んでいる。彼女は急にそっぽを向いて、消え入りそうな声でぼそぼそと呟いた。

「どうもならない。そのときは、私が払う、って言っといた」

「払うって、金なんか持ってないくせに」

「だから、身体で……」

開いた口がさらに広がった。なぜ彼女はそうまでして、国生に決心を迫るのか。もはや彼女の思惑は、遥か彼方へ飛び去った風船のようで、国生には追うことすら叶わない。ただ、静かに返事を待つ彼女の瞳に、迷いは一切感じられなかった。

「それで、猿田さんの返答は？」

心なしか、世理の表情が少し緩んだように見えた。

「笑ってた。すごく」

「だろうな」

いつだって持てる力を出し切ろうとする世理。そんな彼女からすると、国生は未だに母の優しさを当てにしている甘ったれなのかもしれない。確かに母は、息子に見捨てられたとしても黙って許すだろう。だがそれは世理が断じた通り、許さずにはいられない母の愛情につけ込んでいるとも言える。

世理に目配せをした国生は、電話を力強く握り直した。

「わかった、ありがたく使わせてもらう。荷物をまとめて待ってるから、急いで来てくれ」

「判断が遅い。いつまで学生気分でいるつもりだ？」

壮亮の言葉が頬を打つ。昨日までの仕事の光景が、ひどい胸焼けと共に蘇った。

「とまあ、毎日そんな感じで叱られるんだからたまらないよな。国生だって社会に馴染むのに必死な時期だろうし、疲れも溜まってるだろう。気をつけて行って来いよ」

驚かずにはいられなかった。どんなときも冷静で、的確に行動できる壮亮も、社会では凡庸な自分と同じ悩みを抱えている。その事実は大きな発見であり、雷に打たれるような衝撃でもあった。なぜならそれは、国生でも壮亮になり得ることの証だからだ。

「ありがとう、壮亮」

「礼はいいって。何と言っても国生には、でっかい借りがあるからな」

「借り？」

電話の向こうで弾けた壮亮の失笑は、今やどこか懐かしく、信じられないほど暢気だった学生時代を鮮明に蘇らせた。すっかり忘れていたが、壮亮は学食での罰ゲームの件を未だに覚えていたらしい。

壮亮との電話を切り上げて、世理へ手を差し伸べる。彼女はすぐにその手を取って、力強く並び立った。いつの間にかリビングは、純白の朝日で溢れ返っている。床一面の眩《まばゆ》い照り返しが、取り合った手を祝福してくれているような気がした。

四

久し振りに故郷の地を踏んだ国生は、異様な静けさに身震いせずにはいられなかった。深夜にもかかわらず、辺りは外灯一つついていない。見慣れた町内は濃い闇に閉ざされ、生の気配がすっかり失われていた。

現地は混乱どころかひどく落ち着いていて、実家の目と鼻の先まで車で入ることができた。世理が後部座席で背伸びをしている。ドアを開けた音で目を覚ましたようだ。寝起きでまだぼんやりしている彼女を尻目に、手早く身支度を整える。

「行って来る。実家までは歩いて五分くらいだけど、場合によってはすぐ戻れないかもしれない」

世理は慌てて上着に袖を通し始めた。一緒に捜索するつもりらしい。

「だめだ。足元が悪いし、この先は想像以上に危険かもしれない。その代わり車を頼む。こいつに万一のことがあると、壮亮からどんな仕打ちを受けるか……」

瞳の奥に不安を浮かべながらも、世理は上着を置いてゆっくりと頷いた。

怖気づいてしまいそうな心を懸命に奮い立たせ、懐中電灯の灯りを頼りに瓦礫の町を進む。完全に横倒しになった家、中身が剝き出しになった家、一階が潰れ、瓦礫の上に二階だけが残った家――。ここはまさに家の墓場。馴染み深い故郷が、正視に耐えない廃墟に成り果てている。

実家が近づくほどに、近所の家族の面影が浮かんだ。ただでさえ悪い視界が、涙でぐしゃぐしゃに滲む。だが、足を止めるわけにはいかない。一刻も早くこの闇を抜けて、母の安否を確認しなければ。

実家に辿り着くと、強張っていた口元から深い溜め息が漏れた。実家は倒壊を免れており、見たところ目立った損傷もない。ただ停電しているのか、周りの家々と同様に灯りはついていなかった。

激しい鼓動に急かされて、玄関の鍵を回す。扉を開けると、家自体が歪んでしまったのか、どこかが軋む不気味な音が響いた。案の定、どのスイッチをいじっても照明はつかない。中へ向かって声をかけてみたが、やはり返事はなかった。室内はどこも家財道具が散乱していて足の踏み場もなく、部屋を一つ横断するだけでもかなり難儀だ。

暴走した心臓が、胸を内側から殴りつける。音を立てて唾を呑み下し、母が寝室として使っている六畳の洋室に踏み入った。室内には、ほんのりと懐かしい香りが漂っている。どの部屋より慎重に捜したが、ここにも母はいなかった。

散らかり放題の床は、服、化粧品、本などですっかり埋め尽くされている。部屋の奥では、倒れた本棚の上に古い箪笥が折り重なって眠っていた。幼い国生がシールだらけにした、安物の白い箪笥。乱雑に貼られたシールは、色褪せて見苦しいことこの上ないが、剥がされずそのままになっていた。

懐かしさに浸っていたいのは山々だが、今は母を捜さなければ。部屋を出ようと踵を返したところ、急に足が止まった。ベッドの枕元に、見覚えのある絵が貼られている。国生が小学校の授業で描いた、少しも似ていない自画像。母はこんな下手くそな絵を、捨てずにずっとしまい込んでいたらしい。画用紙に水彩絵具で描かれた、生意気そうな少年と目が合う。母は毎晩この少年を眺めながら、どんな気持ちで眠りについていたのだろう。

熱いものが込み上げて来て、慌ただしく家を出た。こんなに母の顔が見たくなったのは、生まれて初めてかもしれない。そういえば、玄関先の駐車場が空いていた。おそらく母は、車でどこかへ出かけているのだろう。きっとそうだ。そうに決まっている。そう言い聞かせずにはいられなかった。

ふと顔を上げると、家々の隙間から灯りが垣間見えた。故郷の町で光を見るのは、これが初めてだ。灯りの方向へ十分ほど歩いた先には、国生が通っていた小学校がある。もしかするとそこが、近隣住民の避難所になっているのかもしれない。

自然と足が小学校に向かっていた。近づくにつれ、灯りの出所が小学校の体育館だということ、微かに人の気配がすること、車やキャンプ用のテントが校庭に犇《ひし》めいていることがわかってきた。金網越しに校庭を眺めると、ずらりと並んだ自動車の中で何度も寝返りを打つ人影が透き見えた。慣れない車中泊で安眠できず、何時間もああやって微睡《まどろ》んでいるのだろう。

母の軽自動車は、校庭の隅にひっそりと停まっていた。車内を覗くと、旅行用の古びたキャリーバッグや、衣類をぱんぱんに詰めた大型ポリ袋、日用品の入った買い物袋などが所狭しと押し込められている。仮眠用の枕とアイマスクがダッシュボードに置いてあるが、車内に母の姿はない。全身の力が抜けていく。その場に座り込んで、車の側面に背を預けた。取りあえず母は無事のようだ。

靴紐が解けていることに気づいたが、結び直す気力もない。重い頭を起こして見上げた夜空には、星が一粒も見当たらず、すべてを呑み込む闇の凄味ばかりが広がっていた。校庭は静まり返っていて、人の往来はまったくない。しばらくその場で待っていたが、母はなかなか戻って来なかった。

じっとしていられなくなり、体育館の様子を見に行った。換気のためだろう、小窓が少しだけ開いている。近づいて中を覗くと、薄明かりが冷たく反射する板張りの床、そこに薄い毛布を敷いて寝転がる人々の姿、疲れ果てて心を失った表情などが目に入り、胸が潰れた。慣れない環境もさることながら、ここにいる人々は皆、少なからず被災による不安やショックを抱えている。たとえここにふかふかのベッドが用意されていたとしても、熟睡できる者など一人もいないだろう。

母は館内に移動したのかもしれない。体育館の出入り口に向かい、中へ入ろうと扉の取手を摑んだ。ふと、声が聞こえたような気がして手を止める。声の出所は館内ではなさそうだ。ならば裏手だろうか。一旦扉を離れ、薄暗い体育館裏をそろりと覗いてみる。右手は体育館の壁、左手はコンクリートの高い塀。その間は、幅五メートルほどの谷間が奥へ向かって延びている。

国生が小学生だった頃、ここは見通しのいい通路のような空間だった。しかし今は、手前から奥へ連なる、高さ三メートルほどの防波堤のような設置物が並んでいる。その設置物の側面には、等間隔にドアが備えつけられており、傍らには簡単な手洗い場もできていた。現在ここは、被災者用の仮設トイレになっているようだ。

ここが仮設トイレなら、真夜中に気配や物音がしても不思議はない。ほっとして体育館の扉へ戻ろうとすると、またしてもくぐもった声が聞こえて来た。かけ声とも呻きともつかない、どこか悲鳴にも似た女性の声。再度、仮設トイレを奥まで見通してみる。そこには薄暗い谷間が延びているだけで、もちろん人影はない。疲労からくる空耳だろうか。ただ、被災者が体調を崩して助けを求めている可能性もなくはない。

仮設トイレが立ち並ぶ谷間へ、注意深く踏み入っていく。最奥が近づいてくると、次第に肌を刺すような気配が漂い始めた。最奥に人がいるのは間違いない。しかもこの気配、只事ではなさそうだ。体調不良か、絶望からくる精神の錯乱か。いずれにしても一刻を争う事態だろう。

仮設トイレの端に辿り着き、恐る恐る奥を覗き込む。コンクリート塀の際に、男女の人影が見て取れた。次の瞬間、今来たばかりの谷間を全速力で駆け戻る。気がつくと、母の車の前で激しく息を切らせていた。自分の乱れた息遣いを聞きながら、体育館裏の衝撃と熾烈な攻防を繰り広げる。

国生が仮設トイレの奥で見たのは、男女の濃密な逢い引き現場だった。二人とも立ったままコンクリート塀のほうを向いており、国生は二人を斜め後ろから目撃した。

作業着風の服を着た男は、白いマスクで口を覆っていたが、ずいぶん若そうに見えた。年齢は国生と大差ないだろう。そして女のほうには、はっきりと見覚えがあった。深夜の後ろ姿でも、絶対に見紛うはずがない。二度の大地震から間もない避難所の裏手で、若い男と情事に耽っていたのは、国生が十数時間もかけて探しに来た母だった。

蟻の大群が全身を這い回るようだった。おぞましさに耐え兼ねて、車の前輪を思い切り蹴り上げる。疲弊した被災者たちに隠れて、若い雄の情欲を無心に貪る母。これほど母を憎み、蔑み、母の子であることに羞恥を覚えたことはない。

程なくして、母は車に戻って来た。国生を見つけて小さく飛び上がり、駆け寄って底抜けに明るい声を出す。

「国ちゃん！　ここまで来るの大変だったでしょ」

いつもと変わらない口調。居たたまれなくなって唇をきつく噛んだ。そんな煩悶をよそに、母は息子の帰省にすっかり浮かれた様子で、あたかも初デートの待ち合わせのようにそわそわしている。

「こんな深夜に、どこへ行ってた」

母の姿を見た瞬間から、淡い期待は打ち砕かれていた。鎖骨が僅かに覗くVネックのボーダーカットソーに、真新しい白のジーンズ、そして履き古した布製の黒スニーカー。体育館裏で見た女と寸分違わぬ服装だ。一瞬でも人違いを期待した自分が、どうしようもなく滑稽で情けない。

「もしかして待たせちゃった？　ごめんね、まさか来てくれるとは思わなかったから。ほら、あそこにばばも避難してる」

母は無邪気に体育館を指差した。その素振りは妙にそわついていて、興奮しているのかいやに早口だ。

「ちょっと聞いて、ばばったらひどいの。昨日の夜、家に様子を見に行ったらさ、和室の古箪笥が倒れてたのよ。でもばばったら、その真横で暢気に寝ちゃってて。また何か倒れたらいけないと思って起こしたんだけど、そうしたら何て言ったと思う？　寝ぼけ眼で『ああ、デイサービスのお迎えですか』だって」

息子の質問を掻き消すような、母の饒舌。もはや内容など少しも頭に入ってこない。

「勝手に歩き回って迷子になったり、周りにおかしなことを言ったり。ばばがそんなだから、たまに体育館へ様子を見に行かないといけないの。さっき見たらぐっすり眠ってたから、朝までは大丈夫そうだけど」

母はようやく一息ついたが、それでも依然として高ぶった目をしている。息子の来訪に心が躍っているのか、それとも――。

「電話さえ繋がれば、こんな思いをしなくて済んだんだ」

「心配してくれたのね。連絡が後回しになってごめん。でも本当に、それどころじゃなかったのよ。携帯電話は箪笥の下敷きになっちゃったし、ばばの家は傾いて住めなくなっちゃった。電気も水道もガスも止まっちゃってるし、せっかく片づけた部屋もこないだ以上に滅茶苦茶。もう、どこから手をつけていいやら……」

気丈夫を装ってはいるが、表情にはどことなく疲れが滲んでいる。災難が続いて、さすがに弱り切っているのだろう。何事もなかったなら、母を労る言葉の一つも出たはずだ。しかし、脳裡に焼きついた体育館裏の光景が、その一言を断じて許さない。

「それどころじゃなかった、か。忙しい割には、体育館でのんびりしてたみたいだな。様子を見に行ったついでに、散歩でもしてたのか?」

母の顔色がさっと変わった。決定的な反応を見せられて、胸がきつく捩れる。

「地震のせいでくたくたなのに、散歩なんて。しかもこんな真夜中に」

顔色は変わったものの、別段取り乱すこともない。平然と嘘をつく母。みるみる全身が粟立っていく。

「そうだよな、こんな真夜中だ。しかも大地震で誰もが疲れ果てているってのに、暢気に散歩なんかするわけがない」

我知らず、声を荒げていた。息子の異変に気づいたらしく、母は一層硬い表情になって目を細めた。

「気分でも悪いの？　長旅のせいで疲れてるんじゃない？　母さんは大丈夫だから、少し休みなさい」

「そりゃ、あんたは大丈夫だろう。婆ちゃんの世話のついでに、夜を楽しむ余裕があるんだから」

投げ遣りに言い放って、母を睨みつける。どうせ、お得意の軽口で煙に巻くつもりだろう。そう思っていた。

「何を……。母さんは車で寝ていて、目が覚めたついでに体育館へ様子を見に行っただけ。楽しいことなんてあるわけないでしょ」

慌てて取り繕うならまだしも、平然と言って退ける図太さが余計に気持ちを逆撫でする。母は体育館裏で、何者かが走り去る足音を聞いたはずだ。まさかその足音が息子とは、夢にも思っていないだろう。

「言い訳くらいしろ！　行ったのは婆ちゃんのところだけじゃない。あの男は誰だ？　以前から関係があるのか？　あんな若い男と、どうやって知り合った。まさか金で買ったんじゃないだろうな？」

悲哀に沈んだ母の目は、じっと何かに耐えているようだった。その表情はまるで、冤罪を甘受する聖者さながらだ。しかし母は、聖者でも潔白でもない。

「都合が悪くなったらだんまりか。それならそれでいい。金輪際、あんたとは一切会わない。話もしない。親とも思わない」

恐ろしい言葉がすんなりと出て、我ながら怖気立たずにはいられなかった。ただそれでも、後悔の念はまったく湧いてこない。

「待って！　お願い……」

母の哀切に満ちた声が、立ち去ろうとした足に絡みつく。

「私はどんな仕打ちを受けても構わない。でも父さんにだけは、今日のことを言わないで」

女を作って逃げた玲司に知られて、どんな不都合があるというのか。今となっては仕返しにもならないが、むしろありのままを伝えて痛み分けになればいい。だがもう、そんなことはどうでもよかった。玲司とは、これまで一度も連絡を取ったことがない。こんなくだらないことを伝えるために、今さら連絡を取ろうなどと思うはずがなかった。

背を向けたまま頷くと、母の弱々しい声はさらに追いすがった。

「ありがとね。それともう一つ、お金貸してくれない？　一万円でいいから」

振り返って母の顔を睨みつけた。確かに実家は裕福ではないが、家財道具や車を失ったわけではない。家は傷んだとしても借家なので、母の懐は痛まないはずだ。それなのになぜ母は、頼み事をするには最悪の今、息子に無心をするのか。

「生活費まで男に貢いだか？　せめて老後の蓄えくらいは残しておけよ」

財布の中身を無造作に摑んで、母の足元へ投げつける。急に吹きつけた冷たい夜風が、どこからか饐《す》えたような異臭を運んで来た。静まり返った校庭で、丸まったお札が虚しく騒いでいる。こんなときに涙が出てくれれば、どんなに救われるかと思った。


車に戻ると、世理は読みかけの本を閉じて国生の顔に食い入った。

「どうだった、会えた？」

黙って頷き、運転席に乗り込む。シートに身体を沈めると、どこまでも深い溜め息が漏れた。

「よかった。ねえ、うちの実家、来ない？　事情を話したら、ぜひ泊まっていけって」

留守番の間に実家と連絡を取ったらしい。ただ、今は何も考えたくなかった。フロントガラス越しに、遠くの空がうっすらと光って見える。母がいる小学校の光だ。悪夢が追いかけて来るような気がして、たまらず車のキーを回した。

「実家はK市の南だったな。送るから、お前だけ泊まれ」

車は機敏に加速し、閑散とした真夜中の県道を疾走する。

「私だけ？　どうして？」

「俺は、その辺に車を停めて寝る」

「えー。お風呂あるし、ゆっくり布団で、寝られるのに」

昼間は混雑する幹線道路だが、深夜だけに車通りはほとんどなく、信号も見通す限りずっと青だった。これが普通の夜なら、さぞかし爽快なドライブだっただろう。

バックミラーには、世理の浮かない横顔が映っている。流れていく夜景を呆然と眺めるばかりで、どう見ても車内の空気を歓迎していない。

「何か、あった？」

世理は窓外の景色から目を離さず、沈んだ声で呟いた。はっきりと聞こえていたが、聞こえないふりをしてハンドルを握り締める。言えるはずがなかった。母は気にしなくとも、息子にとっては悪夢以外の何ものでもない。思い出したくもないし、口にするだけで吐き気を催しそうだ。

目の前がじわりと滲んでくる。鼻の奥がつんとして、何度も鼻をすすった。世理の反応が気になってバックミラーに目を遣ったが、特に変化は見られない。重たい視線を感じたのは気のせいだろうか。

お互い黙り込んだまま、車は南区に入った。通りがかりのコンビニに車を停めて、前を向いたまま声をかける。

「ここからは道案内してくれ」

ドアを開けて外に出た世理は、足早に運転席へ回り込んだ。

「自分で運転する」

国生は身体を引き摺るようにして助手席に移り、座席を目一杯倒して仰向けになった。目を閉じると、瞼の裏に広大な星空が広がっている。これだけ多くの星に見守られながらも、心は孤独だった。いくら周りに星を従えようと、太陽を失った心に温もりはない――。

車のエンジンが止まっている。あのまま寝入ってしまったらしく、意識がまだ覚束ない。薄く目を開けると、闇の中にぼんやりと車の天井が浮かび上がった。停車しているということは、世理の実家に到着したのだろう。

身体を起こそうとしたそのとき、黒い影が視界を遮った。鼻先に何かが浮かんでいる。世理の顔だ。吐息を感じる距離で、じっとこちらを覗き込んでいる。続けて腿に温もりを感じて、ようやく今の状況を把握した。事もあろうに、世理が馬乗りになって胸へのしかかろうとしている。

「じゃーん、モンローちゃん参上。起きた？」

呆れ返って声も出ない。世理の艶やかな髪が垂れ下がり、ひやりと頬を撫でた。夢ではないらしい。眼前まで下りてきた唇が柔らかく開いて、吐息と共に甘い囁きを漏らした。

「今だけ、触っても、いいけど――」

彼女は羽織っていたパーカーを脱いで、Tシャツ一枚になっていた。ふくよかな胸が懐に押しつけられ、徐々に熱と重さを増していく。立ち込める肌の香りは疑いようもなく本物だったが、どうしても現実とは思えなかった。しかし目の前にいるのは間違いなく、国生がよく知る地味で内気な佐野世理だ。

やめさせようと目に物言わすと、彼女の表情はたちまち強張り、どこか寂しげになった。触れ合った身体から、微かな震えが伝わってくる。

「やめてくれ、そんな気分じゃない」

溜め息まじりに言うと、彼女は依然として熱い身体を添わせたまま、

「知ってる。だから、こうしてる」

と、悪怯《び》れもせずに答えた。

「本当はこんなことしたくないんだろう。さっきからずっと震えてるぞ」

「――うん。でも、困るから」

「困るって何が？」

返事はない。取りあえず両肩を押し上げて、世理の上半身を無理やり起こした。

「今日はもう、俺に構うな」

厳しく言い放った矢先だった。世理は国生の両腕を払って、再び胸元に寄り添った。しかも国生の脇の下に腕を潜り込ませ、きつく抱きつこうとしている。より強く押し当てられた体温が、全身をじわじわと溶かしていくようだ。

「それなら、本田さんだと、思えば？」

思いも寄らない言葉に、驚くより先に声が出た。

「お前、本田を知ってるのか？」

「知らない」

「でも今、本田って……」

「何か月か前に、私を見て、そう言った」

そういえば去年の夏、夜道でそんなことがあったかもしれない。

「よく覚えてるな。でも、どうしてこんなときに……」

「本田さんなら、その、喜ぶのかなって」

「本田は小学校の同級生だぞ。最後に見たのは五年生のときだ」

「そっか、残念……」

「何だよ、残念って。本田と思って押し倒せば満足なのか？」

世理はしがみついていた腕を抜くと、国生の手を優しく握った。

「辛い？　悲しい？　怒ってる？　ずっと、変」

「何でもない。少し疲れただけだ」

「嘘。きっと、何かあった。でも、言えないなら、いい」

どうやら一連の奇行は、沈んでいる国生を元気づけるためだったらしい。だが、世理は気づいているだろうか。今見せている純粋な優しさが、自分の未来を壊してしまうかもしれないということを。

異性の友人とは奇妙なものだ。末永く友情を育みたいなら、毅然として一定の距離を保ち続けなければならない。一時の衝動で一線を越えてしまうと、その直後から二人は、引き合った反動で互いを弾き合うことになる。

一旦男女になってしまえば、二度と友人には戻れない。反動以上に強く結びつくか、それともほとんどの場合がそうなるように、自然と距離を置くようになるか。今の共同生活を手放せない世理にとっては、絶対に避けなければならない展開だろう。

その他にも彼女は、カジノバーで酔っ払いに啖呵を切ったり、家を飛び出した国生を必死に追いかけたり、自分の身体を差し出してまで帰省を迫ったりと、たびたび損得を超えた行動を見せてきた。彼女を突き動かす、傍目には理解し難い真っ直ぐな衝動――。そんなとき彼女の視線の先には、一体何が見えているのだろう。

空気を洗い流す葉擦れの音が、一斉に辺りを賑わした。目はすっかり慣れ、世理の困惑した表情もはっきりと見て取れる。首を起こして窓外を見渡すと、どこまでも続く高い土手と、突風に枝を揺らす木立が、まるで影絵のように黒々と浮かび上がった。その他には何もなく、何も聞こえてこない。

「寂しいところだな。ここは地獄か？」

「縁起でもない。ここは河川敷。夜中は、人も車も、通らない」

外は殺風景で重苦しく、生の息吹が少しも感じられない。まさに地獄の一丁目といった趣きだが、世理に添われているせいか不安はなく、むしろ安堵を感じていた。こうして完全に外界から切り離されてみると、社会に出てからずっと、何の目的もない浮薄な心が軋み続けていたことがよくわかる。

「まだ終わらないのか。夜が長すぎて、もう疲れた」

つい本音が漏れた。人の温もりは名残惜しいが、世理の背中を軽く叩いて移動を促す。

「実家まで送るから、帰ってゆっくり休め」

またも世理は、脇の下に腕を突っ込んできた。そうして母の胸にしがみつく幼子のように、ぎゅっと力を込める。

「嫌。ここで寝る」

「風呂と布団を恋しがってたくせに」

強引に起き上がろうとすると、彼女はさらに両腕を締めてきた。予想外の感情がなだれ込んできて、徐々に力が抜けていく。別離を拒んでくれたこと、傍にいてくれること、人肌の温もりを分けてくれること。こんなにも嬉しいことはない。

ふと彼女を盗み見ると、いつだって淡々としている顔が珍しく戯《おど》けていた。長い夜を乗り越える力が、少しずつ心に注がれていく。

「なあ、もう少しだけ、こうしていてもいいか?」

寄りすがる世理の腰に腕を回すと、彼女は耳元で小さく、うん、とだけ囁いた。


世界が色づき始めた頃、二人を乗せた車は河川敷を後にした。国生の心はとても晴れやかだったが、浅い眠りに終始したため、このまま帰途に就く元気はない。車は遠い自宅ではなく、世理の実家に向かっていた。日中は実家で休息をとり、交通量が減ってくる日没過ぎにこちらを発てばいい、というのが世理の提案だった。

世理の実家は、片田舎にぽつんと建つ一軒家だった。事前に連絡しておいたからだろう。玄関をくぐった途端、背の高い短髪の少年が奥から駆けて来た。

「姉ちゃんおかえり!　お土産はこの中?」

快活な声を張り上げ、満面の笑みで世理の荷物を引ったくる弟の慎一《しんいち》。思春期真っ盛りの中学三年生にしては、ずいぶん人懐っこい性格だ。思わず苦笑が滲む。姉に受け継がれるはずだった社交性は、すべて彼が引き受けたのだろう。

「朝からうるさい。今回は緊急なんだから、お土産はなし」

慎一はつまらなそうに踵を返したが、もう一度玄関へ向き直ると、意味深な笑みを浮かべて国生に会釈をした。国生が会釈を返すと、彼は満足げに白い歯を見せて廊下の奥へ駆け去った。

「ほんとに彼氏、連れて来た！　明日は絶対雪だ！」

慎一の興奮した声が、家の奥から聞こえてきた。靴を揃え終えた世理は、どすどすと廊下を進み、弟を追って奥の部屋に飛び込んだ。すぐに何かを引っ叩くような音が響き、同時にどっと笑いが起こる。僅か数分で、国生の緊張はすっかり吹き飛んでしまった。

今回の地震でこの辺りもかなり揺れたが、家が倒壊するほどではなかったらしい。世理の実家では、箪笥や冷蔵庫が二十センチも動いたが、幸い誰も怪我をせずに済んだ。そう話してくれた世理の母の後ろでは、世理の父が慌ただしく支度をして出勤し、学生服に着替えた慎一は飯を三杯もかき込んで家を飛び出して行った。

朝食の後、世理の母は仮眠のための寝床を用意してくれた。カーテンが引かれた八畳の和室の真ん中に、布団が一組ぽつんと敷いてある。

「遠慮しなくていいからね。いつも世理がお世話になってるんだし」

世理は国生のことを、大学で知り合った友人と紹介した。もちろん一緒に住んでいることは話していない。ただ、母が国生を見る眼差しは、とても娘の話を信じているようには見えなかった。

「あの子、かなり変わってるでしょう。稲葉さんに迷惑かけてない？」

自室で休んでいる世理に聞こえないよう、母は小声でそう言って、ちらと後ろを振り返った。

「とんでもないです。むしろ僕のほうが話を聞いてもらったり、励まされたりですから」

「へえ、あの子が！　まともに働いているかも怪しいのに、人を励ますなんてね」

その口振りは、実家にいた頃の世理が、今よりずっと難しい性質だったことを想像させた。大学受験の際、遠方への進学を切り出された両親は、さぞ頭を悩ませたことだろう。

「職場でも活躍しているみたいです。同僚の評判もいいと聞いていますし、頼りになる人もいるので心強いと言っていました。将来は童話作家になりたいらしくて、仕事以外の時間はほとんど机に向かっています。最近は、リスの話を熱心に書いていますね」

安心させるために話したつもりが、なぜか母の表情はみるみる曇っていく。

「もしかして、どんぐりが喋るやつ？」

「そうです。ご存知なんですか？」

「――稲葉さんになら、話してもいいかな」

母は再度、世理がいないことを確認すると、元の優しい笑顔に戻って話し始めた。

世理は小学三年生のとき、学校で陰湿ないじめに遭ったという。きっかけはわからないが、クラスの誰とも口を聞いてもらえない状態が一年ほど続いたらしい。それまで普通の女の子だった世理は、この事件をきっかけに口数を減らしていき、ほんのひと月ほどで両親の前でも口を開かなくなってしまった。

もともと内気な性格だったので、最初は機嫌が悪いだけだろうと高を括っていた。そんな両親も、十日、二十日と沈黙し続ける娘を見て、さすがに只事ではないと気づき始めた。世理は、無言の理由を誰にも打ち明けなかった。学校側はいじめに気づいていなかったため、担任に問い合わせても首を傾げるばかりだったという。

誰に対してもだんまりを決め込んでいた小学三年生の秋、世理に弟ができた。そんなある日の夕方、母は台所で夕飯の支度をしていた。ふと物音に気づいて耳をすますと、隣の部屋からうきうきとした話し声が聞こえる。久しく耳にしていなかった、娘の声。はっとして部屋を覗いてみると、世理は小さな布団で寝息を立てている弟に寄り添い、何やら楽しげに語りかけていた。

どうやら姉は、生まれて間もない弟に物語を語って聞かせているようだ。それは八歳の少女の他愛もない創作でしかなかったが、その様子を見守っていた母は涙が止まらなくなった。その後も世理は、両親の目を盗んでは、弟に物語を披露していたという。

「それが、リスとどんぐりの物語だったんですね」

「物語というより、夢と願望をそのまま喋っているようなものよ。しかも毎回同じような話だったから、たぶん私が聞き飽きちゃったんでしょうね。あるとき、話し終えたところへ入って行って、そのリスに家族はいないのって訊いてみた。そうしたら、すごく難しい顔をして部屋から出て行っちゃって。もうお話はやめちゃうのかな、と思ったんだけど……」

世理の母は苦笑しながらも、とても嬉しそうな遠い目になった。

「あのときは本当に驚いた。だって次の日にはもう、私の袖を引っ張って新しいお話を聞かせてくれたから。リスには家族ができてた。お父さんとお母さんがいて、どんぐりとの会話を怪しまれないように生活している様子がよくわかった。それからだったかな、家の中にいるときだけは喋るようになったの。たぶん、物語に興味を持ってもらえたことが嬉しかったんでしょうね」

その後母は、物語が行き詰まった頃合いを見て、このリスたちはどんな国に住んでいるの、と訊いてみた。すると世理は、干涸びた大地が雨季を経て草原となるように、動物たちの王国の話や、国を治める梟の王様の話など、次々と物語の世界に枝葉をつけていった。そうやって世界が広がるほどに、世理は本来の姿を取り戻していったという。

「でもね、小学校では目立たないいじめがずっと続いていたらしくて、結局周りとは打ち解けられなかった。その影響が大きいんだと思う。今でも人に対しては、あの通り不器用なまま。だからね、あの子がこうしてお友達を、しかも男の人を連れて来るなんて本当に夢みたい。明日は本当に雪かもね」

そう言ってくすぐったそうに笑った母は、すっきりした顔をして退散して行った。

布団に潜り込んで目を閉じ、改めて世理を思い浮かべた。あのミステリアスな雰囲気と、独特の口調。遠いような近いような、不思議な距離感。それらは生まれつきの性質もあるだろうが、多くは小学校時代の辛い経験から生み出されたもののようだ。

そのことを、本人はどう思っているのだろう。鋭利な不幸によって裂かれた傷口は、何年経っても妬みや苛立ちといった膿を吐き出すものだ。しかし世理は、そんな雰囲気をおくびにも出さない。

微睡みの波に揺られていると、昨夜の彼女が蘇ってきた。普段は地味でおとなしいが、内面はいつも眩しく輝いていて、曇り一つない。そして彼女はその光で、自分ではなく、他の誰かを懸命に照らそうとする。もしかするとその彼女らしさ、損得を超えた衝動こそが、傷だらけの彼女を支えている強さの正体なのかもしれない。

世理の一家と過ごした賑やかな夜は、夕食といえばほとんど母と二人きりだった国生にとって忘れられない時間となった。五人で囲む明るい食卓、そこには両親がいて、姉弟がいて、朗らかに響く笑い声がある。普段よりよく喋り、よく笑う世理を、国生は終始新鮮な気持ちで眺めていた。

家族に囲まれてはしゃぐ彼女は、いつものたどたどしさが嘘のように滑らかに話した。陰気で物静かな様子はまったくなく、今まで見てきた彼女とは別人と言っていい。しかし、世界と接するときは未だにかりそめの仮面を被り続けている世理。彼女はそうやって周りの者を遠ざけ、これ以上心の傷を増やさないよう、慎重に生きてきたに違いない。ではなぜ、それほど警戒心の強い彼女が、いきなり声をかけてきた国生を受け入れたのか。

世理の笑顔を見て、その疑問が解けたような気がした。彼女は同郷の国生に、自分の故郷、すなわちこの温かい団欒を重ねていたのだろう。だとすると、彼女にとって国生の強引な接近は、自ら作った硬い殻にヒビを入れてくれた、怪我の功名とも言えるありがたい災難だったのかもしれない。

そうやって世理の様子を眺めながらも、意識は上座に座っている世理の父に向いていた。

国生は父を知らない。父と呼べる存在はいるが、それは実父ではなく義父の玲司だ。

世理の父は特に会話に加わることもなかったが、芋焼酎のお湯割りをグラスに二杯飲み、武骨な顔を赤くして上機嫌のようだった。目が合ったので仕事の話などを切り出してみると、国生の大して面白くもない話を静かに頷きながら聞いていた。

話し終えたところで、特に助言めいたことを言うわけでもない。行動を理解し、苦労を労い、そして黙って微笑むのだ。この父のような上司がいてくれたら、どんなに心強いだろう。自分の無様な奮闘を、後ろにどっしりと構えて見守ってくれる。たったそれだけのことが、どれほど勇気とやりがいを与えてくれることか。

その後も父は、何も語らず、何も与えなかったが、それでも終始団欒の中心にいた。その理由は、玲司と比較すればすぐにわかった。きっと彼は、ここにいる家族のために生きている。家族の危機を黙って背負う覚悟。その強い意志が伝わっているからこそ、家族は寡黙な父を尊敬し、信頼し、心から愛することができるに違いない。

食事を終えた国生は、後ろ髪を引かれながらも出立の準備を始めた。少々大袈裟に感じたが、世理の家族はこぞって玄関先に出て来てくれた。もうすぐ出発だというのに、情けない顔を見せるわけにはいかない。運転席に逃げ込んで、何気なくバックミラーの向きを直す。父に抱きつく世理がミラーに映り込んだ。慣れた様子の父は、愛娘の背中を優しく抱いている。

「世理はお父さんっ子だから、帰省の最後は大体あんな感じ。しばらくだんまりだと思うけど、我慢してね」

運転席に歩み寄った世理の母は、そう言って少し神妙な顔をした。

「あの子は中学生のときも、高校生になっても、壁にぶつかると決まってリスの話を書いてた。今回も何か、乗り越えたい壁があるのかもね。もしあの子が悩むようなことがあったら、そのときはお願いします」

丁寧に頭を下げる母へ、深々とお辞儀を返す。もしそんな壁が存在するとして、自分は彼女に何をしてあげられるだろう。上手く支える自信なんてない。だがそれでも、一つだけはっきり言えることがあった。それは、困っている隣の子を放ってはおけない、ということだ。

母が言った通り、後部座席の世理は静かに窓の外を眺め続けた。見慣れた故郷の町並みが、淡々と後方へ飛び去っていく。高速道路に入ると、辺りはたちまちのっぺりとした夜陰に塗り潰された。

「なあ、実家に戻ろうとは思わないのか?」

世理は窓外の闇から目を離さずに、きっぱりと言い切った。

「それは、だめ。自立しなきゃ」

山間部に入ると、辺りは一層濃い闇に閉ざされた。ふと見上げると、驚くほどたくさんの星が夜空を埋め尽くしている。崩れ去った懐かしい町を見ている気がして、胸がひどく熱くなった。

失われた町の灯りが、美しく、賑やかに、力強く――。

五

携帯電話がブリーフケースの中で唸り続けている。朝から書類の作成に忙しい国生は、諦めの悪い着信に辟易していた。ようやくひと区切りつけると、携帯電話を摑んで社内の休憩スペースに向かう。目を疑わずにはいられなかった。長々と電話を鳴らし続けていたのは、これまで一度もかけてきたことがない父の玲司だった。

胸中に苦々しさが漂う。折り返してみると、玲司は久し振りの息子を懐かしむこともなく、いつもの冷たい調子で母の入院を告げた。昨日、母は勤務先に姿を現さなかったらしい。上司が何度電話をかけても繫がらず、結局無断欠勤となった。あまりに珍しい出来事だったため、心配した同僚が仕事終わりに様子を見に行ってくれたそうだ。母は仕事用のスーツを着て、鍵の開いた玄関の三和土《たたき》に倒れていた。そのまま病院に担ぎ込まれ、今は意識を取り戻しているという。

玲司は独り言のように伝えると、世間話の一つもせずに電話を切った。国生はすぐに飛行機の最終便を手配した。その日の午後は、どんな仕事をしたのかまったく覚えていない。

震災直後に帰省して以来、半年振りに踏む故郷の地。夜が更けた病院はひっそりとしていて、靴音が薄明かりの廊下にどこまでも響き渡る。夜勤の看護師に案内されて個室に入ると、母はベッドに横たわって力なく天井を見上げていた。

国生に気づいた母は、おそらくそれが精一杯なのだろう、ぎこちなく口元を綻ばせた。蒼白い顔と乾いた唇、そしてひどく窪んだ目元。その衰えた姿は、一気に何十年も歳を取ってしまったかのようだ。

ベッドに歩み寄り、傍の折り畳み椅子に崩れ落ちた。これほど間近で母の姿を見ても、未だにこの現実が信じられない。

「国ちゃん」

元気だけが取り柄だった母の、痩せ細った掠れ声。きつく握った両拳が震えた。

「ありがとう。もう、会えないかと……」

母の手が掛け布団から這い出て、ゆっくりと伸びてくる。その手を取って包むように握ると、母も弱々しく握り返してきた。

「――なぜ無理をした」

「だって、母さんがいなきゃ、誰がばばの面倒みるの」

「あんなに仲が悪いのに？　それに今は施設に入ってるだろ」

母は少しだけ困った顔をしたが、すぐにほんのりと笑って、

「そうだけど、お金の管理とか、衣類の買い足しとか。それに、顔を出せば喜ぶから」

と答えた。思いがけない返事に胸が詰まる。

国生が母を鬱陶しく思い、少しでも遠ざかりたいと望んだように、母も祖父母のことを徹底的に毛嫌いしていたはずだ。しかし今の言葉は、これまでの母と祖父母の関係を真っ向から覆すものだった。

間の抜けた顔をしていたのだろう。母はまるで小さく咳でもするように吹き出した。

「母さんね、小さい頃からずっと、都会に住んでみたかったの。だって、この辺はすごく田舎でしょ。どっちを向いても、くすんだ茶色ばっかり。買い物する所も、遊ぶ所も全然なくて、本当に嫌だった」

初めて聞く話だった。思わず前のめりになって、耳をそばだてる。

「それで高校生のとき、都会の大学に行きたいって言ったの。そうしたら、じじとばばはかんかんになっちゃって……。それで母さん、完全に拗ねちゃった」

母の声が少しずつ力を取り戻していく。その変化に、強い意志のようなものを感じないわけにはいかなかった。

「地元の大学受験を全部放り出してやった。少しでも抵抗して、説得して、来年こそは自由を許してもらおう。必死に意思表示したんだから、きっとわかってもらえる。そう思ってたけど甘かった。浪人するつもりだった母さんの就職を、じじが勝手に決めて来たの。近所の不動産店の事務だったんだけど、あのときはさすがに頭に来た。私の人生、勝手に決められてたまるかって。だから母さん、卒業したらすぐに家出したの。もう二度と戻る気は……」

余力を振り絞り、懸命に語り続ける母。この期に及んで、ただの思い出話にこれほど力を尽くすだろうか。もしかすると母は、息子に何かを伝えようとしているのかもしれない。そんな気がしてならなかった。

「でも不思議。表向きは何十年もいがみ合ってるのに、いざとなると放っておけない。だからじじとばばは、国ちゃんと二人で都会から戻って来た母さんを見捨てなかったし、母さんは、ばばの世話を当たり前だと思ってる。若い頃の怒りは今も鮮明に覚えてるけど、この感情は理屈じゃ説明できない。それでも、敢えて言葉にするなら……」

瞬きさえも辛そうな母の目に、突然力がこもる。

「血が持つ本能、なのかもね」

母の手を包む両手が、どんどん熱くなっていく。二度と会わないと決めたはずなのに、迷いなく駆けつけた自分がいる。何かに導かれたとしか思えない、意思を超えた強烈な欲求。

まさに本能と呼ぶべき衝動だった。

今、国生の心には青空が広がっている。青空の下には、緩やかに流れる真っ赤な川。二本の川が合流する畔《ほとり》に立っていると、片方の上流から母を乗せた小舟が流れて来た。母は畔の国生を見て、満足げに微笑んでいる。目の前を通り過ぎ、小さくなってゆく母の背中を見送っていると、急に熱いものが込み上げてきた。だが、どれほど追いかけたくても、今の国生に舟はない。

じきに母は見えなくなった。いずれ国生も、母が辿った赤い大河へ漕ぎ出すときが来るだろう。そしていつか別の大河と交わり、脈脈と受け継がれる大河の一筋となって、愛する誰かに見送られていく――。

ベッドに横たわった母は、目元を歪めながらも微笑みを絶やさない。これほど憔悴しながらも、まだ息子の前で強がろうというのか。

「たぶん、もう起き上がれない。ばばに謝っておいて。先にごめんって」

肌も唇もすっかり潤いを失っていたが、目にだけは溢れんばかりの雫が溜まっている。

「今の取り消せ！　婆ちゃんを放っておけないんだろう？」

なみなみと溜まった雫が目尻からこぼれて、頬を伝った。

「お葬式に、ばばは呼ばないでね。もう、そっとしておいてあげて。お世話はお父さんに頼んだ。結婚するときの約束だもん。絶対に守ってもらう」

母の言葉からは、唯一の心残りがありありと滲んでいた。もしかすると母は、かなり前から身体の異変を感じていたのかもしれない。だから玲司との離婚を頑なに突っぱね続けた。母としても、玲司を繋ぎ止めるのは苦渋の選択だったに違いない。だが他に祖母を託せる者がいない以上、あの夫の誠意に賭けるしかなかったのだろう。

そのとき、忌まわしい記憶が玲司の姿を押し退けた。思い出したくもないが、はっきりさせておいたほうがいいかもしれない。母の手をしっかりと握り直し、意を決して訊ねた。

「体育館裏のあいつは、入院のことを知っているのか」

母は宙空《そら》へ視線を漂わせ、そのままゆっくりと瞼を閉じた。それ以上の反応はない。誰にでも、話したくないことの一つや二つはある。黙秘は不自然ではないし、無理に問い詰めるつもりもない。

どのくらい時間が経っただろう。母の穏やかな寝顔を確認して、握っていた手を緩めた。すると突然、寝入ったはずの母の手に力がこもった。悪夢から覚めたときのようにはっと目を見開き、額には汗の粒をいくつも浮かせている。いつから起きていたのだろう。いや、この鬼気迫る眼光は眠っていた人間のものではない。母は初めから眠ってなどおらず、起きながらにしてずっと悪夢を見続けていたに違いない。

「やっぱり無理。嫌われたままは、嫌」

うわ言のように口走り、繋いだ手をさらにきつく握り締める。その緊迫した声に、息を呑まずにはいられなかった。

「あの夜、体育館の裏にいたのは、国ちゃんが言った通り母さんだった。でも、あれは望んだことじゃない。脅されて、力ずく……」

母は涙にむせびながら、あの夜の悪夢を語り始めた。国生が被災地に入った夜、母は祖母の様子を見に体育館へ行き、その足で仮設トイレに立ち寄った。用を足してドアを開けると、作業着を着た見慣れない男が立っている。面食らって立ち往生していると、男はいきなり小型の刃物を突きつけて来た。強盗だと気づいて声を上げようとしたが、すかさず飛んで来た男の手に口を塞がれ、それも叶わない。

慣れた手つきでショルダーバッグを探り、財布を抜き取って自分のポケットに突っ込んだ男は、続けて母の襟を摑んで人目につかない死角へ引っ張り込んだ。その後、国生が目撃した悪夢に及んだという。

なぜ母は真実を隠していたのか。その理由は、真実を知った国生の胸苦しさが克明に物語っていた。現場を目撃した瞬間、何でもいい、声を出しさえすれば、男はすぐに諦めて逃走しただろう。国生には悲劇を止める機会があった。だから母は真実を隠し、悔恨から息子を守ろうとしたに違いない。

母は静かに泣いている。それを見た国生は、取り繕うことをやめた。込み上げるままに嗚咽を漏らし、母の手を一心に抱き続ける。

「国生、生まれてきてくれてありがとう。母さんね、国ちゃんがいてくれて、本当によかった。何だかもう、びっくりするくらいすっきりした。死ぬのは怖いと思ってたけど、全然そんなことない。あんたの顔を見たら、ずっと一緒にいられるってわかったから。でも、ごめんね。彼女は、エビフライ上手？」

もはや言葉を交わす必要もない。こうして向き合って、手の温もりを確かめ合うことさえできれば、他には何もいらなかった。


母の容態は落ち着いている。国生は翌日の昼前の便で帰った。自宅の最寄り駅に到着すると、西の空がどぎつい薔薇色に染まっている。そのグラデーションは頭上へ近づくほど濃い紫色を帯び、まるで異世界にでも迷い込んだかのようだった。

自宅の玄関に入った途端、嫌な空気を感じて足が止まった。真っ暗な上、人の気配がまったく感じられない。リビングの照明をつけると、思いも寄らない光景が飛び込んできた。細かく千切られた大量の紙吹雪が、床一面を雪景色に変えてしまっている。紙片をつまみ上げてみると、見覚えのある文字が目に入った。間違いなく世理の筆跡だ。さらに紙片には、ノートの縦罫も見て取れる。足元の紙吹雪はすべて、世理の創作ノートの成れの果てと見て間違いない。

世理の部屋をノックするが、返事はない。ドアを開けると、室内はカーテンが引かれていて暗く、いやに生活感がなかった。初めて見る彼女の部屋は、ベッドと簡素な机と、壁を覆っている本棚以外には何もなく、女性の部屋にしてはかなり殺風景だ。ここにも世理はいない。携帯電話を鳴らしてみたが、すぐに舌打ちが出た。聞き覚えのある呼び出し音が、リビングで盛大に鳴り響いている。

世理は忽然と姿を消してしまった。何よりも大事な創作ノートを、ずたずたに切り裂いて。玄関で靴を確認してみると、外出用の靴はすべてそのままだったが、ゴミ出しなどに使うサンダルがどこにもなかった。サンダル履きで出かけるといえばコンビニくらいのものだが、それにしては帰りが遅すぎる。

焦燥を抑え切れず玄関先へ出た。しかし、探す当てなどない。帰路の道すがらに見た夕焼けが濃い紅に熟れて、上空のうろこ雲を赤黒く染め上げている。天を仰いだ国生の脳裡に、寂しげな少女の面影が蘇った。空ばかり見ていた彼女も、今頃どこかで、今日という日の鮮烈な断末魔を見届けているのだろうか。

〝あそこはもっと、空に近くて、静かで、別の世界みたい〟

あの日の少女に背中を押されたような気がして、勢いよく地面を蹴った。マンションの階段を駆け上がり、最上階のさらに上へ続く非常階段も一気に登り切る。息もつかずにドアを開け、屋上に飛び出した。

ぞっとするような夕焼けの中に、両足を投げ出してぺたりと座る女を見つけた。毛玉だらけの部屋着を着て、冷たい秋風に吹かれるままの髪を直そうともせず、屋上の隅でじっと夕陽を眺めている。間違いなく世理だ。

「こんなところで何してる！」

彼女は身じろぎもせず、ぼんやりと日没を見詰め続けている。異変を感じて顔を覗き込むと、顔全体、さらには耳や首までも真っ赤に染まっていた。どうやら夕陽の赤だけではないようだ。彼女の足元に、赤ワインの空瓶がぽつんと立っている。普段は一滴も飲まないくせに、一人で丸ごと空けてしまったらしい。

呆れ返って隣に座り込むと、世理は投げ出していた両足をぎゅっと抱え込んで、ようやく細い声を出した。

「――もう、だめかも」

もはや何も捉えていない彼女の目に、紅い夕焼け空が映り込んでいる。今、涙を流せば、頬を伝うのはワインの雫。そんな妄想を抱かせてしまうほど、彼女の瞳は現実感を失っていた。

「どうしてノートを破った。大事なものだろ？」

世理は瞼を半開きにして、緩やかに身体を揺らしている。その姿は冷たい秋風に吹かれる、すすきさながらだ。

「だって、私、だめだから。書き終えて、読み返しても、粗ばっかり。何度も、書き直したけど、あの話だけは、全然よくならない。まるで、私を、拒んでるみたい」

確かに国生も、リスとどんぐりの童話が仕上がらないことは気になっていた。あの震災後、順調だった筆は勢いを失ったままだ。

「だからって破り捨てることないだろ。しばらく時間をおいてから、また書き直せばいい」

自嘲気味に口角を上げた世理は、煮立ったお湯のような声を出した。

「やったもん。何日も寝かせて、それから読み返して、何度も直して……。もう何を書きたかったのかも、よくわからない」

「わからない？　気弱なリスの子が喋るどんぐりと出会って、一緒に困難を乗り越えていく話だろう。幼馴染みの悩み、森の住人たちの不公平、野ネズミ盗賊団の無理難題、王様の密かな頼み事、その他にもたくさん書いたはずだ。それが書きたかったことじゃないのか？」

世理は冷笑を浮かべるばかりで、明らかにいつもの彼女ではなかった。物事と正面から向き合い、真っ直ぐな心で現実を受け止めてきた今までの彼女は、一体どこへ行ってしまったのか。

「そう、全部、書いたつもりだった。でも違った。全然、心が動かない。こんなの、派手な服をマネキンに着せて、喜んでいるようなもの。だから、もうやめる」

胸の奥で何かが弾けた。彼女の言葉、態度、そして捩れてしまった心。そのどこか既視感のある拗ねた様子が、これまでの自分と激しく交錯する。

「ふざけるな！　俺は世理の童話が書き上がるのをずっと待ってんだ。今さら投げ出すなんて卑怯だろ。書いた本人の評価なんて関係ない。待ち続けている俺を、誰よりも近くにいる俺を無視するな！」

目を丸くした世理は息を呑んで、

「あ、ありがと。でも、ごめん。書けない。だからここにも、いる意味がない。私、……帰りたい」

と呟くと、俯いたまま鼻をすすり始めた。

微かに冬の匂いを含んだ風が、二人の間を冷ややかに吹き抜けていく。世理の苦悩もわからなくはない。だが今の国生からすれば、彼女のくぐもった嗚咽も、来るべき冬の予感も、沈みゆく夕陽も、すべては気持ちを逆撫でする白々しい作り物に過ぎなかった。

「だったら帰れ！　そうやっていつまでも悲劇に酔ってろ。お前には、温かく迎えてくれる場所があるんだ。家族に感謝しろよ」

世理はびくりと身を震わせた。恐る恐る上げられたその顔には、沈痛な慙愧《ざんき》の念が滲んでいる。

「本当に、ごめん。お母さんのところ、行って来たんだよね。『お前には』って、もしかして……」

「入院しただけだ。話もできた。でもたぶん、最後だ」

彼女はこれまで以上に情けない顔になって、子供のようにしくしくと泣いている。

「ごめんなさい。私、自分のことで、頭が一杯で……」

焼け爛れていた西の空は冷えて、いつの間にか丸い月が昇っていた。雪白の月明かりが、夕陽で火照った世界を夜へと導いていく。二人はぴたりと肩を寄せ合って、夜に沈みゆく眼下の町並を眺めた。

触れ合った衣服越しの肩に、世理の温もりを感じる。初めての状況なのに、なぜだかとても懐かしい。

「あの、もう書けないかもしれないけど、でも考えた。違う結末を。聞いてくれる？」

どしゃ降りの名残は見えるが、彼女の横顔には、いつかどこかで見た雨上がりの希望が射し込んでいた。

「前回の結末には続きがあって、子リスの両親が床に置かれたどんぐりを注意深く割る場面から始まる」

先ほどまでの落胆が嘘のような、活き活きとした饒舌。こうしてつけ足された結末は、朗らかで無邪気で、彼女の真心がひしひしと伝わってくる大団円だった。

――リスの子が、喋るどんぐりのことを祖母に打ち明けたとき、ドアの向こうでは子リスの両親が聞き耳を立てていた。そこで父と母は一計を案じた。似たどんぐりをこっそり拾って来て、祖母と話をしている子リスに見つからないよう子供部屋に忍び込む。子リスの友達だったどんぐりと、たった今拾って来たどんぐりをすり替えるためだ。結果、前回の結末で子リスと祖母が庭に埋めたのは、両親が拾って来たほうのどんぐりということになる。

子リスが寝た後、父と母はすり替えたどんぐりを割ってみた。すると中から、ぐったりとした白い蛾が現れた。温かい飲み物を与えてしばらく待つと、彼は意識を取り戻して慌てふためき、すぐにリスの家から逃げ出そうとする。両親は必死に引き止めて、これまで子リスの力になってくれた礼を言い、これからも一緒に住もうと提案した。

彼は首を縦に振らなかった。醜い姿を見られて子リスに嫌われたくない、という。両親は正直に、彼の真っ白い身体を美しいと褒めた。実際、彼の身体にちりばめられた光る粉は、七色に輝いていてとても綺麗だった。それでも彼は、どうしても子リスの前に立つことを拒み続ける。成長した子リスに自分の助力は、もはや不要だと心得ていたからだ。

頑として出て行こうとする彼に、両親はせめてものお礼にと手土産を持たせた。冬を越せるくらいたくさんの、甘くて良い香りのする蜂蜜。彼は何度も両親に頭を下げて、それから森で一番大きいどんぐりの木まで飛んで行った。手頃なうろに潜り込み、たくさんのおがくずを頭から被って、じっと春を待つ。

蜂蜜を舐めながら何か月も眠り続け、やがて暖かくなった。無事に冬を越した彼は、すぐに澄んだ青空へ飛び立った。たくさんの蜂蜜のおかげで、身体は少しも衰えていない。それから彼は、毎日寝る間も惜しんでどんぐりの花粉を運び続けた。やがて秋が来たとき、リスたちが食べるどんぐりが少しでも多く実をつけるように。

月日は流れ、子リスは成人を迎える歳になった。あの日庭に埋めたどんぐりは、今では立派な若木に成長している。来年には実をつけそうな枝振りだ。

青年になった子リスが庭に出て若木を見上げていると、どこからか真っ白い蛾がやって来た。白い蛾は若木の枝のつけ根にとまり、そこへ丁寧に身体を擦りつけている。枝のつけ根はどんぐりの雌花が咲く場所で、そこに花粉がつくとどんぐりの実が生るのだ。

純白の花びらのような蛾は、しばらくそこに留まって、何をするでもなく静かに辺りを眺めているようだった。青年リスが不思議に思って見詰めていると、白い蛾と目が合ったような気がした。すると次の瞬間、ついさっきまでそこにいたはずの蛾は、七色に輝く粉だけを残して跡形もなく消え失せていた。

何かの見間違いか、それとも錯覚だったのだろうか。青年リスは何だかとても懐かしい気持ちになって、今夜夕飯を食べながら、両親と祖母にこのことを話そうと思った――

世理は一気に最後まで語り終えると、横目で気恥ずかしそうに国生の反応を窺った。彼女がいつもの澄んだ瞳をくりくりさせて、じっと言葉を待っている。国生はだらしなく緩んだ目尻を、慌てて吊り上げてみせた。

木枯らしが国生の頰を刺し、小さなつむじ風になって吹き溜まりの枯れ葉を掻き回した。かさかさという乾いた音が、余計に気持ちをささくれ立たせる。外回りの帰り、寒風が吹き抜けるビルの谷間を早足で歩いた。こういう日は早々に仕事を切り上げて、誰かと取りとめのない話でもしていたい。

携帯電話の振動が、灰色の気分を揺さぶった。立ち止まって電話に出ると、玲司の素っ気ない声が短く用件を告げた。母の意識が戻らない。会社に休暇を願い出た後、うちにいる世理に事情を説明する。電話口の世理は、終始静かに話を聞いていた。

早退して昼過ぎに帰宅すると、旅支度を済ませた世理が玄関で待っていた。二人分の荷物に目が留まる。準備万端の彼女と口論をしたところで、時間の無駄だろう。同行を許すと、彼女は黙って小さく頷いた。

まだ陽の残る故郷に降り立ち、タクシーで病院に向かう。混雑する時間帯だけに、また少しも進まずに信号が赤に変わった。後部座席に並んで座る世理と、空虚な時間をひたすら耐え続ける。できればもう一度、母の笑顔を見たいとは思う。だがその願いは叶わないだろうし、母もこの期に及んで、是が非でも息子の顔を、とは思っていないはずだ。

間もなく人としての生涯は終わるが、母はその後もずっと生き続ける。人の記憶の中に、といったセンチメンタルな話ではない。病床の母が口にした〝死ぬのはちっとも怖くない〟という言葉が、そのことを如実に教えてくれた。

生きとし生けるものの身体には、赤い大河が流れている。その源流は遥かに遠く、河口は存在しない。大河は数多《あまた》の支流を受け入れながら、世代を超えて永遠に流れ続ける。

人の生命が存在する限り、母はその流れの中で生き続ける。もちろん国生もだ。誰にとっても人生は一度きりだが、その一度に終わりなどない。やがて誰もが、滔々と流れる赤い大河の一筋となって、どこまでも果てしなく時代を下っていくのだから。

国生は国生であり、母でもある。さらには祖父母でもあり、何世代も前の先祖でもある。死の恐怖を超克した母が見ていたのは、そういった遠大で神秘的な、それでいて厳然とした生命の姿だったのだろう。

黄昏時の病室で二人を待っていたのは、永い眠りについたばかりの母だった。蒼白の表情が繊細で美しく、初めて母の素顔を見たような気がした。それなのになぜ彼女は、がさつで、強《したた》かで、不器用な自分を演じ続けたのか。その答えは明かされないまま、永遠の謎となってしまった。

母の葬儀が終わり、国生と世理は火葬場の待合室で順番待ちをしていた。疲れ切った身体をソファに沈めると、たちまち耐え難い微睡みが襲ってくる。母が亡くなってからというもの、眠れない夜が続いていた。だがこれが終われば、ひと区切りつく。久々に訪れたこの眠気は、張り詰めていた心がようやく落ち着きを取り戻してきた証だろう。

微睡んだのはほんの数分のはずだが、何時間も眠っていたような気がする。フォーマルのアンサンブルを着た世理が、隣に座ってそっと自分のコートをかけてくれた。寝ぼけ眼で笑顔を作ってみせると、彼女は沈鬱な目元を少しだけ和らげ、控えめな笑みを浮かべた。母の病室で泣きはらした彼女は、その後も国生に寄り添って葬儀や雑事を助けてくれた。この感謝は、言葉では言い尽くせない。

「国生君、お疲れ様」

聞き覚えのある声に呼ばれて振り向くと、そこには喪服姿の男性が立っていた。短髪のごま塩頭で、寒い季節にもかかわらず、肌は日に焼けて浅黒い。深く刻まれた顔の皺は、とうに初老を越えていることを物語っていたが、肌はまだまだ張りがあって血色もよく、いかにも精力的な印象だ。

「葬儀のときは忙しそうだったから、声をかけそびれちゃったよ。お母さんのことは、お悔やみ申し上げます」

姿勢を正した色黒の紳士は、そう言って丁寧に頭を下げた。彼のことはよく覚えている。国生がまだ小学生の頃、町内会長を十年ほど務めていた野中という男だ。ずいぶん歳は取ったが、頑丈そうな体つきと溌剌《はつらつ》とした口調は少しも変わっていない。

「ここまで見送りに来てくださって、母も喜んでいると思います」

立ち上がってお辞儀を返すと、世理が視界の隅で同じように頭を下げている。

「あれ、国生君、結婚したの？　お母さんは何も言ってなかったけど」

慌ててかぶりを振りつつも、横目で世理の反応を盗み見た。顔を引きつらせて、何とも言えない愛想笑いを浮かべている。

「いえ、友人です。葬儀を手伝ってくれまして」

拍子抜けと言わんばかりの笑みを浮かべた野中は、窓の外へ目を向けた。連日の寒々しい曇天とは打って変わって、今日はくっきりとした真冬の天色が広がっている。

「お母さんには、ずいぶん世話になったよ。あの威勢のいい声、もう聞けないんだな」

国生の耳には、母の声が二十三年分もこびりついている。どれも母親らしいとは言えない無遠慮なものばかりだ。きっと野中の耳にも、そういった底抜けに明るい母の声が残っているのだろう。

徐にハンカチを取り出した野中は、それで軽く鼻をかんだ。

「今日は町内の代表だからね。きちんと役目を果たさないと、あの世から厳しい野次が飛んできそうだ」

十五年以上も前の話だ。野中が町内会長をしていた頃、毎月行われる定例会は人の集まりがよくなかった。毎年決まった行事を繰り返すだけで、しかも転入して来た若い世代には発言権がない。母も最初は、新参者として古参の住人たちから鼻であしらわれていた。

この町内がとりわけ排他的だったわけではない。問題は新参たちにもあった。ゴミの日を守らない、夜中まで大騒ぎする、何日も回覧板を回さないなど、マナーの悪さや自分勝手な行動は数え上げればきりがない。長年この地域に根づいている人たちにとっては、せっかく築き上げた住みやすい環境を土足で汚されるようなものだろう。

ただ、そういった新参はほんの一握りで、ほとんどは古参と変わらない善良な人たちだ。数軒の鼻つまみ者のせいですべての新参が白眼視されている状況を、真っ直ぐな母は放っておけなかった。

町内会の班長を買って出て、公民館で行われる定例会で繰り返し訴えた。一部の心ない者たちと一括りにせず、新参も柔軟に受け入れてほしい。そして、迷惑行為を封じる策を一緒に考えていきたいと。最初はまったく取り合ってもらえなかったが、母の信念は揺るがなかった。結果的にこれまでの運営を批判することも多く、その度に会長の野中とは激しい口論になった。

「いつも母がきついことばかり言って、申し訳ありませんでした」

照れ臭そうに頭を掻いた野中は、急に真面目な顔になった。そうして、窓の外の透き通った青空をじっと見上げている。

「いや、お母さんは偉いよ。誰かが立ち上がらないと、町内の溝は埋まらなかった。別にあそこで揉めなくたって、お母さんも国生君も普通に生活していけたんだ。でも、割れていた町内のために言うべきを言った。年寄りたちの風当たりも強かったろうに、大したもんだ」

母と言い争っていた印象しかないあの野中が、母を褒めている。意外だと思う反面、妙に納得している自分がいた。激しく意見をぶつけ合ってみせたのは、問題を浮き彫りにし、不満を持つ者たちの溜飲を下げ、平行線を辿っていた町内の対立を和らげるため。もしそれが事実なら、顔を真っ赤にして怒鳴っていた母も内心は、阿吽の呼吸で怒鳴り合ってくれる野中への敬意で一杯だっただろう。

すっかり涙声になってしまった野中は、外の風に当たって来ると言って待合室を出て行った。彼と入れ替わりに、辛気臭い顔をした細身の男が入って来る。男は対面のソファに腰を下ろすと、喪服のネクタイを緩めて内ポケットから煙草を取り出した。白髪が増え、かなりやつれてはいるが、落ち着きのない目の動きだけは今も変わらない。

「大きくなったな」

葬儀で久し振りに会ったというのに、目も合わせようとしなかった父の玲司――。すぐに退室しようとしたところ、意外にも玲司は国生を呼び止めた。

「ちょっと待て。婆さんの家、地震で潰れたらしいな。それなら売ったらどうだ。放置したまま税金だけ払うのは惜しいだろう」

玲司を睨みつけずにはいられなかった。母との別れを目前にして、自分が何を言っているかわかっているのだろうか。

「お前が婆さんを説得できないなら、今すぐにとは言わない。あの様子なら、近いうちに娘の元へ行くだろう。そうなれば、財産はすべてお前に引き継がれるんだ」

玲司の眼差しは冷たく、腹を空かせたハイエナさながらだ。いつもおどおどしているくせに、腹の底では常に相手の弱みを探っている。

「売るときは必ず連絡しろ。段取りは俺がやる。何せ俺は、婆さんの世話を任されているんだからな。これからは施設費の管理も、身の回りの買い物も、すべて俺が面倒を見るんだ。土地の売却に首を突っ込むくらい、罰は当たらんだろ」

話を終えた玲司は、勢いよく煙を吹き上げて席を立った。

「母さんの家に、婆さんの通帳があるはずだ。施設費と雑費はそこから出していたらしい。お前、あの家に泊まっているんだろう。明日の昼前に行くから、それまでに探しておけ」

玲司は去り、待合室のドアが乱暴に閉められた。やり場のない怒りが全身を震わせる。母がいないことを、これほど心細く感じたことはなかった。しかしどれほど願ったとしても、母はもう戻らない。

程なくして母は茶毘《だび》に付された。形式通りに骨を拾った玲司は、すぐに姿が見えなくなった。母が入った白い壺を抱いて外に出る。暖かい陽射しが燦々と降り注ぎ、火葬場がある小高い丘の上からは、眼下に広がる町並みがどこまでも見晴らせた。こんなにも清々しい、冬の空気が凛と輝く日を最期に選ぶとは、いかにも母らしい。爽やかな冬の香りに頬を撫でられながら、国生はつくづくそう思った。

母を見送った国生と世理は、着替えを済ませて郊外の介護施設に向かった。二度の地震で自宅が半壊した祖母は、現在そこで生活している。母は仕事で家を空けるため、祖母を引き取って世話をするわけにはいかなかった。しかも自身の体調が急変してしまうと、それこそ世話どころではなくなってしまう。

祖母が住む介護つき有料老人ホームは、緑に囲まれた山の麓に建っていた。立地に似合わず現代的な雰囲気の建物で、その佇まいは都会の小洒落たマンションを思わせる。

祖母との対面には、大きな懸念があった。五年も顔を合わせていないので、認知症の進行具合によっては国生を孫だと認識できないかもしれない。そうなると国生は、母に続いて祖母まで失ってしまうことになる。

職員に面会の旨を告げると、手続きを経て日当たりのいい大部屋に通された。そこでは車椅子に乗った入所者たちが、職員につき添われて簡単なゲームやリハビリを行っていた。その中に一人だけ、バルコニーに出て外の景色を眺めている女性がいる。彼女が肩にかけている臙脂《えんじ》色のショールには見覚えがあった。祖母の豊代《とよ》だ。

豊代は真っ白な髪が乱れるのも構わず、一心に遠くの山々を見詰めている。そよ風にはためくショールは、多少傷みもあるが、味のある風情で色褪せもあまり気にならない。祖母は毎年寒い季節になると、いつもあれを肩にかけて過ごしていた。

豊代の目の前に屈み込んだ国生は、にこやかに会釈をして、よく見えるよう顔を差し出した。

「お久し振りです。孫の国生ですが、覚えていますか？」

豊代は遠くの景色を見渡すのと同じ目で、国生の顔をぼんやりと眺めた。特に反応はない。母の訃報だけでも伝わればと思っていたが、もはやそれさえも叶わないようだ。

「お婆ちゃん、今日は天気がよくて暖かいね。ひなたぼっこしてたの？」

世理が横から朗らかに訊ねた。豊代は世理の顔を見るなり、難しい顔をしている。そうしてしばらく思案を巡らせたかと思うと、急に今までの曇った表情を引っ込めて晴れやかな声を出した。

「あら、加奈江《かなえ》さんじゃない。とっても久し振りのような気がするけど、またお料理の研究で引きこもってらしたの？」

豊代はそう言ってころころと笑った。世理も笑顔で話を合わせる。

「ごめんなさい、なかなかいいレシピが思い浮かばなくて。私がいない間も元気にしてた？辛くはなかった？」

いくつも物語を書いてきたからだろう。器用に話を合わせた世理は、迷わず豊代の手を握った。

「元気よ。辛いことなんて何もない。あるとすれば、加奈江さんが焼いたパンを食べられなかったことくらいよ。また食べたいわ、加奈江さんのベーコンエピ」

ふと祖母の昔話を思い出した。豊代の実家は代々事業をやっていて、かなり裕福だったらしい。屋敷が広いだけでなく、家政婦も数人いたというから、よほどの家柄だったのだろう。駆け落ち同然で実家を出るまでの間、何度も家政婦の代替わりがあったとも聞いている。

その中に、ずば抜けて料理が上手い家政婦がいたことを、祖母は嬉しそうに語ってくれた。彼女とは歳が近かったこともあり、非常にうまが合ったという。もしかすると加奈江というのは、その家政婦の名ではないだろうか。

「そういえばあの人、どこへ行ったのかしら。あの人にも食べてもらいたいの。加奈江さんの料理を」

思い出の家政婦と再会した豊代は、とても幸せそうに見えた。その後、豊代と世理は、お嬢さんと家政婦の会話を交わし続けた。二人はまるで本当の親友のように、とりとめのない雑談に興じている。

「ねえ、豊代さん。さっき言ってた『あの人』って誰？」

世理は会話の合間に、様々な質問を試みている。答えを探させることで、失われた記憶を手繰ってもらおうとしているようだ。だが豊代はほとんどの質問を聞き流して、気ままに違う話題へと飛び移ってしまう。

そんなちぐはぐなやり取りでも、国生は熱心に聞き入っていた。会話の内容ではなく、豊代と談笑する世理の、明るく滑らかな語り口に気づいたからだ。いつからか彼女は、独特のたどたどしい口調を克服していた。

ノートを破り、屋上で泣きはらしたかと思うと、直後にリスの物語を大団円へ導いた世理。きっとあの日、彼女はとてつもなく大きな壁を乗り越えたのだろう。かつて十一歳の少女も、狂おしい壁を乗り越えて輝きを取り戻した。だからきっと世理も、これからたくさんの輝きを取り戻していくに違いない。

いつの間にか二人の会話が止まっている。ふと目を遣ると、豊代の面持ちが豹変していた。目元の深い皺を見開いて、じっと国生の顔に食い入っている。

「ゆき、ひこ、さん……？　そう、幸彦さんよ。加奈江さんの料理、あなたにも食べてもらいたいの。よかった、戻って来てくれたのね」

幸彦とは、十年ほど前に亡くなった祖父の名前だ。豊代は国生を見て、確かにそう言った。

「ごめんなさい。この前あなたに頂いたショール、私こんなにぼろぼろにしちゃって……」

申し訳なさそうに呟きながら、肩にかけているショールを胸元に引き寄せる。どうやら、若かりし祖父が贈ったものだったらしい。今も肌身離さず身に着けていることから、そのときの喜びがいかに大きかったかが窺える。

「結婚したばかりなのに、長い間どこへいらしてたの？　幸彦さんお願い、もうどこにも行かないで。早く一緒に帰りましょう」

目にうっすらと涙を浮かべた豊代は、国生に向かって痩せ細った両腕を差し出した。国生の身体は自然と前へ出て、車椅子に乗った新妻をしっかりと抱き締めた。豊代は孫の胸の中で、何度も何度も夫の名を呼んだ。これほど幸せそうな祖母を見るのは初めてだった。

翌日、国生は実家にやって来た玲司と激しい口論になった。国生が通帳を渡すことを拒否したからだ。

「どういうつもりだ。婆さんの金を猫ばばしようってのか？　ひでえ孫だな」

玲司は吐き捨てるように言って、上がり框《かまち》に座り込んだ。座るだけで靴を脱ぐ気配はない。ここは玲司にとっても自宅だというのに、一刻も早く出て行きたくてたまらないようだ。

「謝ってください」

積年の厭忌《えんき》を噛み殺して、静かに迫る。玲司は億劫そうに首を回すだけで、どう見ても話し合う気配はない。痩《こ》けた頬と、窪んだ目元。所々に見られる無様な髭の剃り残し。この男の現在が、ありありと透き見える。

「でかくなったのは図体だけじゃないらしいな。それが親に対する態度か？　謝るって何を？」

「母に謝ってください。なぜ喪主を断ったんですか」

母の葬儀の喪主を務めたのは、玲司ではなく国生だった。しかも玲司は、葬儀にも少し顔を出しただけだ。

「子供じゃあるまいし、俺の立場くらいわかるだろ」

玲司はこれ見よがしに溜め息をついた。説明させるな、ということだろう。説明してほしいわけではない。僅かでも母の最期を惜しみ、送り出す責任を感じてほしかっただけだ。だが今の玲司にそんな気はないらしく、苦々しく口元を歪めて忙しなく靴を鳴らしている。

「立場はわかります。でも、最期まで家族だったことは事実です。それなのに……」

「あいつがしつこくつきまとうからこうなったんだ。俺が何度説得したと思ってる」

つきまとう――。曲がりなりにも伴侶だった相手に手向けるには、あまりに酷薄な言葉。

「それなら、なぜ結婚した？　泣きつかれたから渋々結婚してやった、とでも言うのか？」

問い詰めた先に晴れ間などないことくらいわかっていたが、どうしても我慢できなかった。

「お前、親に向かって……。くだらん話はもうやめろ！」

「くだらないだと？　それなら言ってやる。あんたがくだらない結婚さえしなければ、母さんはもっと幸せになれたんだ！」

玲司は勢いよく立ち上がると、振り返って血走った目を向けてきた。意外にも口元には、不敵な笑みを浮かべている。

「そうだな、くだらない結婚だった。だがようやく足枷は外れた。俺はこれから、急いで人生を取り戻す」

「ふざけるな！　家を捨てて逃げた野良犬のくせに。今日はどうした？　腹が減ったから帰って来たのか？」

玲司の濁った目が、ぎょろりと蠢く。

「野良犬か。確かに俺は、この家にいたときからすでに野良犬だった」

震える喉から、呻きにも似た声が絞り出される。目の前で冷笑を滲ませる男は、もはや父でも何でもなかった。

「あいつはな、俺のことなんてどうでもよかったんだ。深夜に独りで呑みながら、携帯電話を眺めていたこと。そうやって独りで泣いていたこと。お前は知らないだろう。あいつが席を外した隙に覗いたら、画面に何が写っていたと思う？　写真だ。紙の写真を携帯のカメラで撮った画像だった」

初耳だった。見てはいけないものを見たような気がして、たちまち胸が縮こまる。

「その写真には、若い男女が並んで写っていた。若い頃のあいつ、そしてあいつと同じくらいの歳の見知らぬ男。真面目で神経質そうな、色の白い男だ。当時は何となく想像するしかなかったが、大人になったお前を見て確信した。あの優男は、お前の実の父親。つまりあいつの心は、ずっと昔の男を追い続けていたってわけだ」

国生は、実の父の顔を知らない。写真も残っていないと、母は断言していた。

玲司が語った事実は、確かに衝撃だった。だが今はそれよりも、眼前で恨めしげに過去を語った玲司の性根が心底許せなかった。

「それがどうした。母さんは写真の存在を、一人息子にも隠し続けた。それがどういうことかわかるか？　あんたを動揺させたくなかった。家族が大事だから隠したんだ。そもそも昔の男の写真が何だ。そこまで気を遣っていた母さんを悪者にして、自分は臆面もなく被害者ヅラか？　写真くらいで逃げるな！　昔の男なんか忘れるくらい、母さんを幸せにしろ！」

国生の怒号が聞こえなかったのか、玲司は平然と鼻で嗤っている。

「さすがはあいつの子だな。いかにもあいつが言いそうな台詞だ。でもな、世の中はお前らみたいなお人好しばかりじゃない。俺はもう、うんざりだったんだよ。家庭とか家族とか、そういう面倒で煩わしい縛りが」

「家族が面倒？」

「お前もそのうち実感する。否応なく繰り返される、家族という名の苦役をな。俺は、そんなもののために生きるなんて願い下げだ。それでもお前のために、貴重な時間をどぶに捨てたこともあった。少しは感謝しろ」

確かに、父の役に骨を折ってくれた時期もあった。その恩を忘れたわけではない。だがそれも小学生までの話だ。玲司は父という肩書きから逃げた男であり、母を傷つけ続けた男であることに変わりはない。

「しかもあいつは、再三お前に兄弟を作ってやろうと持ちかけてきた。お前だけでも持て余していたところへ、さらに手間を増やすなんて馬鹿げてる。そんなとき、都合よく単身赴任の話が舞い込んだんだ。俺は嬉々として任地に赴いたさ。一度しかない人生、存分に自由を満喫する権利は誰にでもあるだろう？」

痺れを切らしたらしく、玲司は靴を脱いで玄関に上がった。今更、この男を迎え入れるつもりはない。両腕を広げ、玲司の行く手に敢然と立ち塞がる。

「どこへ行く？」

「お前と話しても埒が明かん。通帳と印鑑は自分で探す」

「ここはもうお前の家じゃない。今すぐ出て行け」

「何だと。舐めてんのかクソガキ！」

歯を剝き出した玲司が、国生の襟首を摑んでぎりぎりと締め上げていく。しかし今となっては、国生のほうが十センチほど背が高い。かっとなって襟首を摑み返すと、額の血管を怒張させた玲司が低い声で呻き始めた。鋭い眼光を向けてはくるが、その奥には押し殺し切れない怯えがはっきりと見て取れる。

「もうやめて！」

居間の扉が開き、奥から金切り声が上がった。世理の声にはっとして手を離すと、玲司は激しく咳き込みながら逃げるように後ずさった。

「婆ちゃんの金を奪うんじゃない。母さんがあんたに託したことは、全部俺がやる。だからもう、婆ちゃんにも、この家にも近づくな」

玲司は目元を歪めて絶句している。その場に立ちすくんだまま、食い下がるための御託を考えているようだ。もはや金目当てという底意を隠そうともしない。

長い膠着を破ったのは、国生が申し出た折衷案だった。玲司が要求した通り、祖母の土地を売る手続きは任せる。その代わり、今後一切、稲葉家には近づかない。その条件を聞いた玲司は、仰々しく念書まで書かせてようやく腰を上げた。隣の部屋で一部始終を聞いていた世理は、玲司が帰ったと見ると玄関に出て盛大に塩を撒いた。

「あんな約束、本当にいいの？」

居間に戻った国生は、簞笥から祖母の通帳を取り出した。ぱらぱらとページを繰って、預金残高を指差してみせる。

「俺はこの金で、婆ちゃんの土地に家を建て直そうと思う。俺と婆ちゃんが暮らせるだけの、こぢんまりとした家でいい。この預金の五分の一くらいで済むはずだ。そして俺は、その家に一生住み続ける。要するに、土地を売る気はないってこと」

そう宣言した国生は、急にかしこまって頭を下げた。

「申し訳ないけど、同居はここまでにしてくれないか。俺は今の会社を辞めて、こっちに戻る」

世理はひどく困惑するに違いない。国生が身構えていると、彼女は驚くどころか、その言葉を見越していたかのようにさらりと答えた。

「気にしないで。私も同じこと考えてた」

「同じこと？」

「ちょっと前に私も言った。帰りたいって。でも今は、逃げ帰るんじゃない。それでいいんだって気づいたから」

照れ臭そうに微笑んだ世理は、ふいと目を逸らすと、少しばつが悪そうに続けた。

「今までずっと、強くならなきゃって意固地になってた。でも頑張れば頑張るほど、本当に欲しいものは遠ざかっていく。力不足のせいだと思ってた。けど違った。だめな私でも、必要としてくれる人がいる。だから弱いままでいい。そのことに気づいたら、あんなに濃かった霧がみるみる晴れて……」

世理は急に言葉を切ると、真っ直ぐに国生の目を見詰めて小さく吹き出した。

「自分の力がすべて。そう思ってたこれまでの自分が、何だか馬鹿みたい」

世理の顔を見ていると、無性に笑いが込み上げてくる。彼女も笑いが止まらないところを見ると、どうやら同じ気持ちのようだ。そのまま居間に突っ立って、二人して腹が引きつるまで笑い合った。これほど心の底から笑ったのは、本当に久し振りだった。

国生と世理は住んでいたマンションを引き払い、故郷に戻った。国生は息つく暇もなく、住み慣れた実家の片づけに追われた。新しい家が建つまでは、祖母と二人でこの借家に住むつもりだ。そのためにはまず家財道具を整理して、祖母の生活空間を確保しなければならない。家を傷めない程度に、手すりやスロープなども必要だろう。介護の知識を蓄えるために、夜は専門書を読み漁る日々が続いた。

どれだけ準備に時間を割いたところで、充分かどうかは実際に生活してみなければわからない。それに、あれほど帰宅を待ち望んでいる祖母をあまり待たせたくなかった。ひと月ほどで一応の準備を整え、世理を誘って介護施設に向かった。記憶が混濁している祖母は、新しい環境に不安を抱いてしまうかもしれない。そういうとき、祖母と意気投合している世理がいてくれれば何かと心強い。

施設で迎えを待っていた豊代は、国生の姿を見つけると焦れた様子で抱きついてきた。

「幸彦さん、早く帰りましょう、早く」

子供のように急かす豊代を見て、同居という選択が正しかったことを改めて思い知った。昼夜を問わずヘルパーや看護師に見守られている生活も、満更でもないだろう。それでも豊代は、帰りたくて仕方がないようだ。他の入所者はいざ知らず、豊代にはどうしても自宅でなければならない何かがあるらしい。

豊代を連れて帰宅すると、全身の力がどこまでも抜けていくようだった。母がこの世を去ってから今日までの道のりが、あまりにも目まぐるしかったせいだろう。取りあえず三人で居間の炬燵に落ち着くと、じんわりとした温もりが疲れ切った心身に沁みた。

「ねえ、これからどうするの？」

白く儚げだった世理の顔は、今やすっかり色づいて花が咲いたようだ。

「まあ、気楽にやるよ。日中は婆ちゃんをデイサービスに頼んで、まずは仕事探しだな」

三人で入る炬燵の心地好さは格別だった。午後も雑事が山積みだが、できればずっとこうしていたい。

座椅子にちょこんと収まっている豊代は、さっきからずっと部屋を見回している。この家は初めてのはずなので、やはり落ち着かないのだろう。そのうち豊代は、注意深く巡らせていた視線をはたと止めた。そのまま少し身を乗り出して、国生の後ろにある飾り棚に見入っている。

「ふうん、頑張ってね。私は駅前にオープンするアミューズメントカジノでアルバイトするつもり」

「世理の腕だと、アルバイトじゃもったいなくないか？　正社員で雇ってもらえばいいのに」

「いいの、アルバイトで」

彼女は含み笑いを滲ませて、何やらもどかしげだ。今更気を遣うこともないはずだが、今日はなぜか緊張しているようにも見える。そのことを訊ねようとした矢先だった。彼女は急に腕捲りをすると、古ぼけた小さな紙箱を取り出して炬燵の上に置いた。思わず口元が綻ぶ。

「懐かしいな。小さい頃、これでよく母さんと遊んだっけ。全然手加減してくれなかったから、負けてばかりだったけど」

世理が取り出したのは、紙製の子供用トランプだった。母の葬儀が終わった後、家の整理を手伝ったときに見つけたのだろう。彼女は手際よくトランプの束を取り出すと、熟れた指さばきで入念にカードを切り混ぜた。カードが両手の中で生き物のように動き、小気味好い音を立てて整列していく。一連の動作に見入っていると、彼女は急に手を止めて静かに目を上げた。

世理の指が卓上に伸び、カードを滑らせた。強烈な既視感が、目の前の現実と交錯していく。国生の手元にカードが二枚、世理にも二枚——。

「ねえ、ひと勝負しない？」

聞き覚えのある誘いに、動揺せずにはいられない。

「勝負って……、今更何を賭けるんだよ。失業中で金なんかないし、お前だって実家に戻ったんだから、住む場所には困ってないだろう」

手元に配られた二枚のカードを押し返す。世理はその手を掴むと、思い切り顔を寄せてきた。大きい黒目が澄み切った夜空のようで、このまま吸い込まれてしまいそうだ。

「じゃーん、加奈江ちゃん参上！」

戯けた吐息がくすぐったかったが、彼女の瞳に縛られて身動きができない。いや、きっと縛られていたというのは言い訳で、本当はそこから離れたくなかったのだ。

「私がいれば、豊代さんがもっと幸せになると思わない？　カジノのアルバイトがない日はデイサービスには行かずに、加奈江ちゃんが豊代さんのお世話をすればいい。それに、両親に申し訳ないと思いながら実家で書くより、ここのほうが気楽で捗ると思うし」

あまりに唐突な提案で、理解が追いつかない。ただ、一つだけはっきりと見えている光景がある。人知れず断崖に咲いていた花は枯れた。しかし、希望を託した種は新天地で逞しく芽吹き、再び蕾をつけようと、暖かい季節の到来を待ち侘びている。

「やっぱりだめ？　それなら奮発する。加奈江ちゃんがご飯も作る。でも偽者の味だから、豊代さんをがっかりさせちゃうかな」

国生が首を縦に振らないのは、自分の力不足のせいだと思っているようだ。勘違いも甚だしい。最善の策と信じて祖母を引き受けたが、いざ新生活へ漕ぎ出してみると、かかる手間と時間の多さ、重い肉体的負担、そして金銭の問題など、早くも荒れ模様の沖合いが見え隠れしていたところだった。

自分はこの航海において、どんな逆風にも屈しない動力になろう。だが、進むだけではだめだ。時として牙を剝く大波や、水底に潜む岩礁といった困難にも怖気づくことのない、冷静で、仲間思いで、優秀な相棒が舵を握っていなければ。

国生は、一旦突き返したカードを手元に戻した。

「世理が勝ったら好きにすればいい。どの部屋でも自由に使ってくれ。ただし、俺が勝ったら……」

言いかけたところへ、思わぬ横槍が入った。

「幸彦さん、ちょっと」

豊代が真っ直ぐ手を伸ばし、今まで眺めていた飾り棚の一点を指差している。

「あの写真の方、幸彦さんのお友達？」

そこには小さな写真立てがあり、朗らかに微笑む若い男女の写真が飾られていた。幸せそうに肩を寄せ合って、今にも陽気な笑い声が聞こえてきそうな二人。国生は、和室の小物入れの奥でひっそりと眠っていたこの写真を、とても気に入っている。なぜならこの写真には、母のとっておきの笑顔が写っているからだ。

写真立てを手に取って、そっと豊代の前に立てた。祖母と母が、お互い優しい顔をして向き合っている。

「この女の人は、僕たちの一人娘だ。爽香っていうんだよ」

「さわ、か……。とてもいい名前ね」

たどたどしい返事を聞いて、世理と共に固唾を呑んだ。記憶の中に引っかかるものを感じているのかもしれない。しばらく小首を傾げていた豊代は、突然ぱっと目を見開いた。爽快な目覚めを思わせる瞳の輝きに、身を乗り出さずにはいられない。

「でも幸彦さん、私たち一緒になったばかりでしょう？　娘なんて、まだいないじゃない」

素っ気なく言った豊代は、ひどく呆れた顔を世理に向けた。

「ねえ加奈江さん、あなたからも言って。幸彦さんたら、私のことをからかってるのよ」

世理は優しく頷くと、豊代の手を取って穏やかに微笑んだ。その見慣れた笑顔は、大好きだった母の笑顔にとてもよく似ているような気がした。

赤い大河の下流に、新たな合流の気配が漂い始めている。三人は何気なく顔を見交わすと、いつまでもくすくすと笑い合った。

エピローグ

引っ越し業者に頼んでいた段ボール箱が届いたのは、予定より四日も早い今日の午前中だった。これから来月の引っ越しに向けて、少しずつ荷造りをしなければならない。今日はアルバイトが休みだし、荷造り初日ということもあって、時間も余力もたっぷりある。最も手をつけづらいあの部屋を片づける絶好の機会だ。午後は国生とゆっくり話をするつもりだったが、特に急《せ》いているわけではないので夕食後でも構わないだろう。

組み立てる前の段ボールを数枚持って、六畳の洋室に入った。この部屋の主は三年ほど前に亡くなったが、家具や調度品はすべてそのままにしてある。部屋の保存は、国生たっての希望だった。限りなく母子家庭に近い環境で育った彼にとって、母の痕跡はそう簡単に手放せるものではなかったのだろう。

どこから片づけようか思案していると、開け放ったドアの前に国生が現れた。いいことでもあったのか、携帯電話を片手に機嫌よく白い歯を見せている。

「なあ世理。壮亮と純也を覚えてるだろ？」

「うん。車を貸してくれた人と、十円玉の人でしょ」

「あいつら、今年もこんな田舎まで来るらしいぞ」

国生が新しい家に引っ越すと伝えたところ、早速壮亮から返信が届いたらしい。

〝昨年は結婚、今年は新築か。学生の時みたいに、電車で三十分ってわけにはいかないんだぞ。今後、祝い事はまとめてくれ〟

壮亮が行くと言えば、当然純也もついて来るだろう。国生はそう言って、早くもクリスマスを待つ子供のようにはしゃいでいる。

思い出話が深まろうとしたところへ、けたたましい呼び出し音が割り込んだ。珍しく居間の固定電話が鳴っている。

「婆ちゃんを起こすと悪いな。それじゃ、この部屋は頼んだ」

そう言い残すと、国生は居間に戻って行った。隣の和室では、祖母の豊代が昼食後の昼寝をしている。彼女は世理の料理をとても気に入っていて、先ほど三人でとった昼食も嬉しそうにぺろりと平らげた。ちなみに今も、加奈江が偽物ということはバレていない。

頭の中は、再び部屋の片づけに戻った。シールがたくさん貼られた白い箪笥が目に留まる。やはり最初は、こういう細々としたものからだろう。一番上の引き出しを覗くと、小さく畳まれた下着類が綺麗に並んでいた。衣類はとっておいても仕方がないので、忍びないが処分するしかない。

引き出しの奥に手を入れると、不思議な手触りに出くわした。どうやら引き出しの中に紙が紛れ込んでいるようだ。取り出してみると、花の飾り罫があしらわれたアイボリー地の封筒が現れた。表には何も書かれていない。中を覗くと、封筒と同じデザインの便箋が二枚入っている。広げてみるとそこには、女性らしい繊細な文字がびっしりと書き込まれていた。

冒頭の文面が目に入って、思わず部屋のドアを見遣った。国生がそこにいないことを確認したかったからだ。

＊

親愛なる国子様

初めまして。私は稲葉国生の母、爽香といいます。この手紙を見つけたあなたは、国生の大切な人ですね。どうしてわかったと思います？　だって、あの子が私の下着を片づけるとは思えないでしょ？

お名前は存じませんが、私にとってあなたは、国生と同じくらいかけ替えのない存在です。ですので私は、あなたのことを国子さんと呼びたいと思います。

＊

彼の母が、私に宛てた手紙——。

わざわざこんな方法で残したのだから、国生に知られたくない内容ということはすぐに察しがついた。母の目論見通り、国生は母の部屋を世理に任せた。女性特有のものを扱うのは気が引ける、という理由もあっただろう。だが彼にとってはそれよりも、自らの手で母の痕跡を消し去ることのほうが耐えられないに違いない。

「世理、お前に電話」

居間の国生が呼んでいる。だが今は、とても電話に出るような心境ではない。

「ごめん、かけ直すって伝えて」

返事をした自分の声が、微かに震えているのがわかった。何度も深呼吸をしてみたが、胸の早鐘は一向に収まらない。逸る気持ちを懸命に抑えて、再び手紙の文字を追っていく。

私はまもなくこの世を去るでしょう。でも心残りはありません。徹底的に嫌われていた国生に、一目会うことができたから。

私が言いたかったことはあの子に伝わっていると思いますが、もし国子さんを困らせているようなら、私からも謝ります。ただ、あの子はいつまで経っても強がりで素直じゃないけど、根は賢くて優しい男性です。きっとあなたを幸せにしてくれるはずだから、多少甘えたところがあっても、末永く見守ってあげてくださいね。

私の晴れやかな気持ちには、もう一つ理由があります。それは、国生の後にもう一人、私に会いに来てくれた人がいたから。病室で国生の顔を見ていたらどうしても会いたくなって、いけないと思いながらも連絡をしてしまいました。まさか、すぐに駆けつけてくれるなんて夢にも思わなかった。

国子さん、私はダメな母親です。国生にずっと嘘をつき続け、この期に及んでも本当のことを言う勇気がない。でも病室に来たあの人は、国生に会いたいと言ってくれた。本当にもう、母親の私が見間違えちゃうくらい、国生みたいな優しい目をして。

*

　だから私は、誰よりもあの子のことを思ってくれているあなたに、二人の出会いを託そうと思います。あの子が過去を必要とせず、前だけを向いて生きていたいようなら、この手紙は国子さんの胸だけにしまっておいてください。

　でも、もしあの子が、この世で最も不可解な自分という存在と向き合おうとしているなら、そのときはもう一枚の便箋に書いた連絡先を渡してあげてください。きっとあの人、葦原冬輝は、国生からの連絡を心待ちにしているはずだから。

*

「――お母さん」

　我知らず、ずぶ濡れの涙声がこぼれていた。便箋の向こうの、母の返事が聞きたくてたまらない。

「彼は、誰よりも向き合っています。お母さんだけでなく、自らお婆ちゃんまで背負って……」

　必死に語りかけたが、その声は相手に届くどころか、目の前の便箋を揺らすことさえ叶わない。次々に嗚咽が込み上げてきて、すっかり潤んでしまった世界をさらに滲ませていく。

「おい、どうした？」

電話を受けなかった世理を心配して、様子を見に来たのだろう。泣いていることに気づいたらしく、国生が慌てて駆け寄って来た。

「何でもない。ちょっと嬉しくなっただけ」

「嬉しい？　そんなに泣いてるのに？」

涙を拭って精一杯微笑んでみせると、少し安心したのか、国生もぎこちない苦笑を浮かべた。

「だったら悪いけど、もっと泣かしてしまうかもな。さっきの電話、すぐに折り返したほうがいい」

そう言いながら真顔になった国生は、世理の目を見据えて深刻な声を出した。何かよくない知らせでもあったのだろうか。

「電話をくれたのは、東京の出版社だ。『よわむし子リスとまほうのどんぐり』の件だって言ってたぞ」

今日はなんという日だろう。まるでさっき開けた引き出しから、ぎっしり詰め込まれていた幸せが一気に飛び出してきたかのようだ。国生が予見したとおり、せっかく収まりかけていた涙が再び頬を伝う。

「――ありがとう、お母さん」

国生が素っ頓狂な顔をしている。それはそうだろう。何の前触れもなく、母という言葉を口走ったのだから。だが、その理由をすぐに教えるわけにはいかない。なぜなら彼は、思わせぶりな言い方で大事な妻をさらに泣かせた、意地悪で素直じゃない夫――。

「ねえ、国ちゃん」

「またその呼び方……。母さんみたいだからやめろって」

母の手紙を思い切り抱き締めた。こんなに泣かされたのだから、泣かし返しても許してくれるに違いない。

胸に抱いた手紙をするすると下げて、自分のお腹に優しく当てた。妊娠検査薬の結果は夕食後に伝えるつもりだったが、こんなに泣いた後で荷造りなんてとても無理だ。今日はこれから二人で、お母さんに届くよう、いっぱい、いっぱい泣いてやる。

そう心に決めた途端、天から返事が届いたような気がした。その返事が自分の気持ちとぴったり重なっていたのは、やはり同じ流れに合流した母同士だからなのだろう。

「私ね、国ちゃんがいてくれて、本当によかった」

（了）

【著者プロフィール】
塚本正巳（つかもと まさみ）
1975年、熊本生まれ。
大阪芸術大学芸術学部文芸学科卒業後、
雑誌の編集者を経てエディトリアルデザイナーとなる。
現在はフリーランス。

赤《あか》い大河《たいが》

2023年9月28日　第1刷発行

著　者　　塚本正巳
発行人　　久保田貴幸

発行元　　株式会社 幻冬舎メディアコンサルティング
〒151-0051　東京都渋谷区千駄ヶ谷4-9-7
電話　03-5411-6440（編集）

発売元　　株式会社 幻冬舎
〒151-0051　東京都渋谷区千駄ヶ谷4-9-7
電話　03-5411-6222（営業）

印刷・製本　中央精版印刷株式会社
装　丁　　堀稚菜

検印廃止

Printed in Japan
ISBN 978-4-344-94633-0 C0093
幻冬舎メディアコンサルティングＨＰ
https://www.gentosha-mc.com/